DREAMBOOKS★

항마신장

降魔神將

9

자우 신무협 장편소설
ORIENTAL FANTASYSTORY & ADVENTURE

dream
books
드림북스

항마신장 (降魔神將) 9

초판 1쇄 인쇄 / 2016년 12월 16일
초판 1쇄 발행 / 2016년 12월 26일

지은이 / 자우

발행인 / 오영배
책임편집 / 편집부
펴낸 곳 / (주)삼양출판사 · 드림북스

주소 / 서울시 강북구 도봉로 173
대표 전화 / 02-980-2112 팩스 / 02-983-0660
편집부 전화 / 02-980-2116 팩스 / 02-983-8201
블로그 / blog.naver.com/dreambookss

등록번호 / 제9-00046호
등록일자 / 1999년 3월 11일

ⓒ 자우, 2016

값 8,000원

ISBN 979-11-283-9077-7 (04810) / 978-89-542-4413-8 (세트)

* 지은이와 협의하에 인지는 생략합니다.
* 잘못된 책은 구입한 곳에서 바꾸어 드립니다.

이 도서의 국립중앙도서관 출판시도서목록(CIP)은 서지정보유통지원시스홈페이지(http://
seoji.nl.go.kr)와 국가자료공동목록시스템(http://www.nl.go.kr/kolisnet)에서 이용하실 수
있습니다. (CIP제어번호: 2016030950)

降魔神將 9

항마신장

자우 신무협 장편소설

ORIENTAL FANTASYSTORY & ADVENTURE

dream
books
드림북스

降魔神將

항마신장

목차

제1장
망량(魍魎魎)

　고도 낙양을 가로지르는 주작대로(朱雀大路), 그리고 동북방으로 백마대화가(白馬大華街)라는 거리가 있다. 그곳 거리는 고관대작(高官大爵), 혹은 거상부호(巨商富豪)의 저택이 자리한 곳이라 외인은 함부로 드나들기 어렵게 하는 기이한 위압감이 돌았다.

　거리 초입부터 드높고 견고한 담이 줄지었고, 어느 곳 할 것 없이 담 너머로 화려한 처마가 아른거렸다.

　그런 곳에 작은 그림자가 불쑥 들어섰다.

　산발한 머리에 흙먼지를 잔뜩 뒤집어쓴 아이였다.

이제 예닐곱 정도나 되었을 법한 아이는 작고 왜소했다.

옷가지라고 걸친 것이 포대 자루나 다름없었다. 거리와는 전혀 어울리지 않는 모습이었다.

아무리 대담한 거지라도 여기까지 와서 구걸하지는 못한다.

들어서기가 무섭게 어느 저택이든 사용인들의 험악한 눈짓, 손짓에 내쫓기기 일쑤이기 때문이다.

지금만 하여도, 오고 가는 사람들이 어린 거지를 도끼눈을 뜨고 노려보거나 위협하듯 손짓을 했지만, 아이는 아랑곳하지 않았다.

아이는 두리번거리면서 거리를 종종 걷다가, 이곳에서 특히 거대한 저택 앞에 멈춰 섰다. 다른 어디와도 다른 곳이었다.

규모는 구중궁궐이라 하여도 부족하지 않을 듯한데, 아무런 현판도 없었다. 검은 기와에 붉은 기둥과 벽이 전부였다.

거지 아이는 시커먼 얼굴에 동그랗게 커다란 눈을 연신 깜빡거리면서 저택을 이리저리 기웃대다가, 아예 흙바닥에 주저앉았다.

"에잉, 저거, 저거."

"쯧쯧."

다들 못마땅하지만, 그렇다고 먼저 나서서 내쫓는 이는 없었다. 아이가 지키고 있는 곳이 영 범상치 않은 곳이기 때문이었다.

이틀 전, 한밤중에 땅이 무너질 것처럼 쿵쾅거리고, 불빛이 번쩍번쩍 치솟는 꼴을 다들 뜬 눈으로 목도한 마당이었다. 그렇다고 찾아가 무슨 일인지 확인할 깜냥이 있는 것도 아니라서, 그저 몸만 사렸다.

거지 아이는 쪼그리고 앉아서 닫힌 문만 바라보다가, 퍼뜩 고개를 떨구었다. 노곤하니 졸음이 몰려오는 것이다.

아이는 한참 고개를 꺼덕거렸다.

한참 그러고 있을 새, 닫힌 문이 끼익, 묵직한 소리를 내며 열렸다. 소리에 아이는 흠칫 어깨를 들썩였다.

졸린 눈을 끔뻑거리면서 고개를 들자, 문 사이로 엉망인 꼴의 사내가 나와서 아이를 빤히 내려다보았다.

눈두덩이 시퍼렇게 부어 있고, 턱 아래는 시뻘겋게 달아 있었다.

"뭐냐?"

"저요? 행화(杏花)라고 하는데요."

"뭣? 아니, 이름 말고 무슨 볼일이냐 묻는 게다."

"심부름 왔어요."

행화라고 하는 거지 아이는 마냥 몽롱하여서 대구했다.

아직 잠이 덜 깨었다.

저택의 무사인 사내는 욱신거리는 턱 아래를 스윽 훔쳐
내고 짜증과 불쾌함을 솔직하게 드러냈다.

"심부름? 무슨 심부름?"

"여기 계신 분한테 소식을 전해 주래요."

"누가?"

"에에, 몰라요. 그냥 시키기만 했어요."

행화는 배시시 웃으면서 고개를 흔들었다. 쌓인 먼지며,
비듬이 부스스 떨어졌다. 무사의 찌푸린 눈살이 한차례 꿈
틀거렸다. 그러나 거지 아이에게 더 뭐라 할 수는 없었다.
아이의 넝마 차림에서 하나를 보았기 때문이었다.

매듭 하나를 매어 놓은 새끼줄이다.

어리다고 하지만 개방에 속하였다는 뜻이라, 차마 무시
할 수는 없었다.

"아, 알았다. 알았으니까. 전할 게 뭔데?"

"직접 전해야 하는데요."

"뭐어?"

무사의 얼굴이 사뭇 험악하게 일그러지려는데, 거지 아
이는 큰 눈을 더욱 깜빡거렸다.

"우리 어르신이 여기 있는 소림사 용문제자한테 직접 전
하라고 하셨어요. 꼭이요."

"끅!"

아이는 새삼 강조해서 말했다. 그리고 용문제자라는 이름에 무사는 주춤 고개를 뒤로 뺐다. 부어오른 눈가며, 시퍼런 턱까지 새삼 지끈거렸다.

그의 한주먹에 나가떨어지지 않았던가.

무사는 부러질 듯이 이를 악물었다. 그러고는 험한 눈길로 거지 아이를 노려보았다. 눈빛 참 살벌하나, 아이는 여전히 천진난만이었다.

"이, 이익. 너 지금 요, 용문제자라고 했느냐?"

"네! 우리 어르신이 소식 못 전하면, 용문제자라는 분이 많이 화를 낼 거라고 하던데요."

부글부글 끓는 속을 애써 다잡고 있건만, 행화라는 아이가 고개를 한쪽으로 갸웃하면서 말을 덧붙였다.

이건 불난 데다가 부채질이 아니라, 아예 기름을 들이부어대는 격이다. 그래도 무사는 차마 아이에게 화를 낼 수는 없었다.

아이는 '아무것도 몰라요.'라고 하듯이 그저 눈만 깜빡거렸다. 그런 거지 아이에게 뭐라고 할까.

"알았다."

무사는 맥 빠진 채 중얼거렸다.

행화는 그렇게 오래 기다리지 않았다. 저택의 정문은 당장 열렸다. 용문제자에게 소식을 가져왔다는 것 한마디로 충분했다.

비록 드러내지는 못하고 있다지만, 이곳은 천룡의 안가이고, 여기 사람들은 모두가 천룡의 가인들이다.

천하제일세가.

그 오만한 이름을 조금도 마다치 않는 자들이었다. 그렇건만, 용문제자에게는 전혀 통하지 않았다. 그의 손에 호된 꼴을 당한 것이 얼마나 되었다고, 자존심을 앞세울 수 있을까.

아이를 상대했던 정문의 무사는 졸지에 안내까지 맡고 말았다.

그는 굳은 얼굴로 성큼성큼 걸었고, 그 뒤로 행화가 생글거리면서 졸졸 쫓아 걸었다.

짧은 다리로 바쁘게 발을 놀렸지만, 그러면서도 높은 담 안쪽의 저택을 연신 두리번거렸다.

구경하기 좋아라, 계절이 무색하게 자란 아름드리 꽃나무가 곳곳에서 가지를 드리웠다. 색색을 입혀놓은 단청은 화려하기 이를 데 없다.

행화는 아니 가본 곳이라서 기웃거리기를 멈추지 않았다. 그 모양새는 아무래도 거슬렸다.

그냥 거지 아이가 아니지 않은가.

개방의 소걸개였다.

무사는 행화의 저 눈초리가 어린아이의 순수한 호기심으로 보이지 않고, 염탐하는 눈길로만 보일 뿐이다.

"크흠!"

앞서 걷는 무사는 이를 드러내면서 눈치를 주었지만, 아이는 조금도 개의치 않았다. 결구 참다못해서 한 소리를 하려다가, 그만 혀를 차고 말았다.

"헤에, 높다. 크다."

한참 두리번거린 끝에 하는 말이 그게 다였으니.

복잡한 안가의 주랑을 한참 돌아서 닿은 곳은 이곳 저택에서도 손꼽히는 규모의 전각이었다.

저택 안에 또 다른 저택이 있는 듯했다. 높고 화려한 문 위에는 용정의 두 글자가 적혀 있었다.

용정당.

천룡세가에서도 가히 귀빈이랄 수 있는 사람만을 위한 곳이었다. 아무리 그래도 이곳까지 개방 거지를 들이게 될 줄이야.

무사는 못마땅함에 입매가 마구 요동쳤지만, 다른 도리는 없었다. 명을 받은 처지였다. 그는 거지 소녀를 용문제자 앞에까지 안내해야 했다.

용정당의 현판을 지나, 그곳에 딸린 정원에서 행화는 용문제자 소명을 마주할 수 있었다.

　소명은 정원의 팔각 정자에 앉아, 거지 소녀를 마주했
다.
　개방의 급한 소식이라고 하더니만, 아이는 먼저 말은 않
고서 생글생글 웃는 얼굴로 소명을 빤히 쳐다보았다. 한참
만에야 입을 열었다.
　"아저씨가 정말 용문제자예요?"
　"그렇다만. 너는 누구니?"
　"개방 제자, 행화예요."
　"행화라. 흐음, 예쁜 이름이구나."
　"에헤헤헤."
　행화는 맑게 웃었다. 살구나무 아래에 버려진 아이를 주
웠다고 그리 부르는데, 그런 이름을 어여쁘다고 해준 사람
은 소명이 처음이었다.
　대부분은 신경도 쓰지 않았다.
　머쓱한 웃음도 잠깐, 행화는 곧 큰 눈동자를 데굴 굴리
면서 소명의 위아래를 살폈다.
　소림사의 용문제자라고 하여서, 위맹한 풍채라든가, 범
접 못 할 위엄 같은 것을 두르고 있지 않을까 상상하였는
데. 앞에서 마주한 소명은 그저 평범한 모습이었다. 고요

하게 앉은 모습에 흔들림은 없다.

행화는 연신 고개를 갸웃거렸다.

"왜 그러느냐?"

"정말 용문제자 맞아요?"

"왜, 아닌 것 같더냐?"

"우으웅."

행화는 선뜻 답하지 못했다. 그저 지저분한 손가락을 입에 물고서 우물거렸다.

소명은 쓴웃음을 지었다. 용문제자의 대체 어떤 모습을 기대하였는지. 그렇다고 갸웃거리는 아이를 타박할 것은 없는 노릇이다.

어찌할까. 소명은 잠시 고민했다. 그는 문득 중지를 접었다가 간단히 튕겨냈다. 허공을 꿰뚫는 파공성에 행화의 고개가 홱 돌아갔다.

탄지신통(彈指神通)의 한 수.

손가락을 튕겨내는 것만으로 저기 있던 굵은 가지가 뚝하고 끊어졌다. 거리가 못해도 족히 수장에 이를 듯했다. 아무런 준비도 없이 이만한 위력이라니.

행화는 눈을 깜빡이다가, 곧 배시시 웃었다.

아이의 눈으로 지금 한 수를 알아볼 수 있겠느냐만서도, 개방 제자는 남다른 모양인지, 흔쾌히 고개를 끄덕였다.

"그래, 전언이 무엇이더냐?"

"둘이 있는데요."

행화는 고사리 손을 둘 펼치고는 눈을 반짝였다.

큰 눈을 더욱 크게 뜨고서 좌우 눈치를 보았다. 주변에 달리 인적도 없는데, 조심하는 기색이 역력했다.

소명은 피식 웃고는 불현듯 한 손을 가볍게 내저었다. 마치 허공중에 뭔가를 그러쥐는 듯했다. 그리고 말했다.

"들을 사람은 없으니. 이제 말해 보아라."

"네에."

행화는 고개를 끄덕였다. 소명이 무엇을 하였는지는 몰라도, 사방의 소리가 한순간 멀어지는 것을 어린아이도 느낄 수 있었다. 한층 안심하면서도, 아이는 은근한 목소리로 속삭였다.

"하나는요. 남타주가 전한 소식인데요. 만천옹이 찾아올 거래요."

"만천옹이시라. 흐음, 그리고?"

소명은 전혀 신경 쓰는 기색이 아니었다. 천하를 들썩거리게 하는 오대고수 중 하나가 찾아온다는 말에도 그러려니 하는 기색이다.

행화는 그 반응이 뜻밖이어서 고개를 잠시 갸웃했다. 만천옹이라는 이름을 모르는 건가 싶었다.

"만천옹 모르셔요? 천하오대고수 중 하나인데."

"그래, 그래. 들어 알고 있지. 그보다 다른 소식은 무어니?"

"헤에."

이렇게 말하면 행화도 더 할 말이 없다. 아이는 목덜미를 벅벅 긁고는 다시 말했다.

"소림사에서 말을 전해달라고 했대요."

소명은 낯빛을 고치고, 새삼 진지한 얼굴로 행화가 하는 말을 귀담아들었다.

혁련후는 한참 거리를 두고서 소명과 개방 아이가 얘기 나누는 모습을 물끄러미 보았다.

개방에서 용문제자를 찾아왔다는 말을 듣기가 무섭게 이 자리로 달려왔다. 무슨 얘기를 나누는 것인지 마땅히 알아야 하기 때문이다. 그는 눈을 가늘게 떴다. 아직도 얼굴 한쪽이 시퍼렇게 물들어 있었지만, 눈빛은 예리했다.

혁련후는 바빴다. 귀는 특유의 청음술을 발동했고, 두 눈으로는 입 모양을 읽어내려고 했다. 그런데 아무 소리도 들리지 않았다. 주변의 엉뚱한 소음이나 들려올 뿐이지, 그가 보고 있는 소명이나 거지 아이에게서는 아무런 소리도 들을 수가 없었다. 그렇다고 입술을 읽어내기에는 이상할 정도로 눈앞이 어지러웠다.

계속해서 두 사람의 모습이 일렁이는 통에, 입술을 읽기는 아주 언감생심이었다. 예리한 안광이 부르르 요동치다가, 결국 그가 눈을 질끈 감음과 동시에 자취를 감추었다.

"제길!"

험한 소리가 절로 터졌다. 아무리 부릅뜨고, 귀를 기울여도 아무것도 알 수가 없었다. 뭐라 떠들어대는 것은 분명하건만.

"대체 무슨 짓을 해 놓은 거냐."

내가공력으로 소리를 막는 것까지야 그렇다고 할 수 있지만, 입술조차 읽어낼 수가 없다니. 단순히 공력이 높고 낮음으로 가능한 경지가 아니었다.

혁련후는 빠득빠득 이를 갈아붙였다. 짜증이 솔직한 눈길이 멀리서 흐릿한 소명의 뒷모습에서 떨어지지 않았다. 고새 개방의 아이는 볼 일을 다 보았던지, 꾸벅 허리를 접었다.

저 나가는 아이를 붙잡아 볼까 싶었지만, 혁련후는 이내 고개를 가로저었다.

"에이, 관두지. 개방과 굳이 척 질 것도 없고."

한숨을 삼키고서 처마 머리에 그냥 주저앉았다.

손을 뻗어 머리카락을 한껏 헝클어뜨렸다.

천룡팔가 중에서도 첫째, 둘째를 다투는 혁련가의 젊은 영재로서 나름의 자부심이 있었건만. 지금은 그저 참담하다.

동배에서는 소천룡을 제외하면 적수가 없다고 자신하였건만, 주먹질 한 번에 나가떨어졌으니.

"용문제자. 젠장, 역시 소림은 소림이라는 건가. 저런 괴물이 세상에 있을 줄이야."

혁련후는 한껏 흐트러진 눈으로 멀리 보이는 소명을 물끄러미 보았다. 지금으로서는 무엇 하나 헤아릴 수 없었지만, 그렇다고 지켜보는 자리를 쉽게 포기할 수는 없었다.

*　　　*　　　*

해가 저기 저물어 간다. 노을빛으로 물든 구름이 가만히 흐르며 산세를 타고 돌았다.

때를 알리는 어느 사찰의 범종 소리가 가만히 울리며 산을 타고 흘렀다. 그 사찰이 바로 달마조사 이래로 선종(禪宗)의 본산이면서, 또 한편으로 무림의 성지로 천하무종(天下武宗)이라 일컫는 숭산 소림사이다.

켜켜이 산중의 어둠이 산사의 지붕 위로 내려앉을 사이,

불공에 분주한 승인들은 사찰을 곳곳을 돌아다니면서 불을 밝혀 갔다.

학승들은 마땅히 경전을 읽기 위해서, 무승들은 마땅히 신체를 수련하기 위해서.

소림사는 밤이 늦도록 잠들지 아니한다.

산사의 깊은 선방에도 불을 환히 밝혔다. 고작해야 서너 칸에 지나지 않은 선방이니. 그 비좁음이 어떠할까마는 한 자리에는 여러 승인이 모여 있었다.

등불에 비친 그림자가 어지러웠다.

다들 나이가 지긋한 소림의 무자배 원로와 공자배가 모처럼 모인 자리였다.

용문제자의 일 이후로는 좀체 없는 자리였다.

밝힌 불빛이 어른거리면서, 노승들의 계인마저 흐린 머리를 비추었다. 무슨 심각한 일이 화제로 있는 것인지. 불빛 받은 노승들의 주름 깊은 얼굴은 누구랄 것 없이 딱딱하게 굳어 있었다. 공자배가 이리 모였다는 것은 그만큼 간단치 않은 이유일진대. 섣불리 입을 여는 이 하나 없었다. 평소라면 무슨 농지거리라도 주고받았을 사형제들이었지만, 드리운 그늘이 원체 짙었다.

눈 감은 채 굵은 염주 알을 가만히 돌리거나, 짐짓 심각한 낯으로 연신 한숨지었다.

침묵이 내내 이어질라, 불현듯 상석에 앉은 방장이 고개를 들었다. 방장은 평소의 푸근한 기색이 아니었다. 주름 깊은 얼굴이 살짝 굳어 있었고, 눈 아래에는 시름이 역력했다.

　"이것, 용문제자가 전한 소식이 맞는다고 하면, 어찌하면 좋겠는가?"

　방장은 천천히 말했다. 그 한마디에 시름이 실려서 사뭇 묵직하다. 주변의 승인들은 느릿하게 고개를 끄덕일 뿐, 쉽게 입을 열지 않았다.

　간단치 않은 일이다. 용문제자가 개방을 통하여서 만천하에 알리는 동시에, 소림사에도 따로 전하기까지 한 소식이다.

　마도의 암약이라니.

　제법 오랜 세월 동안, 마도는 조용했다. 이제는 그 흔적조차 가물거릴 지경이다.

　지난 세월 동안 마교라 칭하는 온갖 사교가 등장하여서 인세를 어지럽히기는 하였지만, 지금 말하는 마도와는 격이 전혀 달랐다.

　그저 혹세무민(惑世誣民) 따위가 아니라, 세상을 멸하고 새 세상을 열겠다는 것이 성산의 마도이다. 한번 요동치면 천하가 어지러운 정도가 아니었다.

수백 년 전, 신검의 활약으로 채 안문관을 넘지 못하였으나, 마도의 준동 하나로 망국지경(亡國之境)에 이를 정도였고, 이후에도 한번 발원할 때마다 못해 천만인의 목숨이 스러졌다.

피가 강을 이루고, 시체가 산을 이루는 일대의 혈겁이 벌어졌다.

이는 단지 강호무림만의 일이 아닌 것이다.

개방과 마찬가지로, 소림사 또한 마도에 대해서만큼은 경계를 잊지 않았다.

그러한데, 마도가 이토록 공을 들이면서 중원에 스며들었을 줄이야.

하나, 둘이 아니었고, 동서남북의 구분이 따로 없다.

누구도 말은 않고 있었지만, 어쩌면 이곳 소림에도 마수가 뻗어 있을지도 모를 일이다.

방장이 먼저 말문을 열었음에도, 비좁다 싶은 선방은 한참 조용했다.

사안의 중차대함과 더불어 시름이 어찌 가벼울까. 침묵 끝에 누군가 조심스럽게 입을 열었다.

"방장, 혹여 회맹(會盟)을 생각하시는지요."

회맹이라, 맹을 소집한다니. 이것이 무슨 뜻인가. 바로 구파일방을 포함한 무림의 정기를 한데 모으는 무림맹을 소집한다는 것이다.

마지막으로 무림맹이라는 이름으로 모인 것이 무려 반백여 년 전의 일이었다.

그때에, 재림한 황도릉이라고 주장하면서 세상을 어지럽게 하였던 백건사라는 사교를 상대하기 위함이었다. 사천에서 크게 일어난 백건사는 지금에도 그렇지만, 그때에도 명문이었던 사천의 삼강, 청성, 아미, 당가가 크게 위태로울 정도로 밀어붙였다.

광신(狂信)이란 참으로 두려워서, 무공 반 초식도 모르는 민초들이 사술에 홀려서는 죽자고 달려드는 통에, 상승의 경지에 이른 무인들이 그만 손 쓸 틈도 없이 당하고 말았다.

그야말로 문파의, 가문의 명맥이 위협받을 정도였으니.

백건사의 위험이 어느 정도인지 짐작할 만했다. 그렇다고 홀린 민초들을 학살할 수도 없는 노릇.

삼강은 사천에서 잠시 물러났다. 그리고 소림, 무당 그리고 개방을 중심으로 급하게 이루어낸 무림맹과 합류하여서, 백건사의 수뇌라는 자들을 일망타진하였다.

사술에 홀린 자들을 다독이고, 돌보기를 수년.

그제야 사천 일대가 정돈되었다.

이후로 삼강을 비롯해서 큰 화를 입은 사천 무림의 여러 군소문파를 돌보고는, 무림맹은 자연스럽게 해산했다.

일이 있을 때에만 모이고, 다른 이득을 취하지 않고 흩어지는 것이 무림맹의 전통이었다.

항시 무림맹을 유지한다면 그 자체가 또 다른 해악이 될 수도 있다는 것이 그 이유였다.

과거, 성마교의 대대적인 위협이 있을 적에, 그때에는 무림맹이라는 이름도 아니었으나, 천하 영걸들을 돌려보내면서 그와 같은 아름다운 선례를 남기기도 했다.

그러한 선례로, 지금 소림의 고승들 사이에서 무림맹의 일이 나왔다는 것은 절대 간단한 일이 아니었다.

소림사가 나서면, 당연히 소림파가 움직인다.

소림파가 움직인다는 것은 하남 무림 전부가 움직이는 것과 다르지 않다.

그것만으로도 일말의 과장할 것도 없이, 가히 중원 무림의 삼 할에 이른다고 할 수 있었다. 그럼에도 선승들은 부족하지 않은가 여겼다. 그만큼 사안이 중대하였고, 용문제자의 한 마디를 중히 여긴다는 뜻이기도 했다.

방장은 침묵했다. 아무리 소림사의 방장이라고 하여도 쉽게 할 수 없는 말이, 회맹의 일이었다.

이때에 장경각을 맡은 공수가 입을 열었다.

"그것은 그리 쉽게 생각할 일이 아닌 듯합니다."

"공수, 무슨 뜻인가?"

무자배는 물론이고, 공자배 또한 흠칫한 눈으로 공수를 바라보았다. 언제고 먼저 말문을 연 적이 없는 공수였다.

묻기 전에는 답을 들을 수 없다 하여서, '자물쇠 달린 입'이라고 할 정도인데. 이렇듯 나섰다는 것은 참 대단한 일이었다.

"용문제자는 개방뿐만이 아니라, 따로 손을 써서 은밀히 소식을 전하였습니다. 무슨 뜻이겠습니까."

"공수, 네 말은?"

"등용문의 대공자, 남악도문의 장제자는 물론이고, 강시당에서도 그 흔적이 있었다지요."

"음, 단속이 먼저라는 말이로구나."

"참으로 꺼내기에 민망하려나, 본사라고 크게 다르겠습니까? 오히려 더욱 조심해야 할 일입니다."

공수는 고개를 숙였다. 진지한 태도이다. 그러나 잠시간에 그 뜻을 이해하지 못한 이도 몇 있었다.

"응? 그게 무슨 뜻이더냐?"

"커흠."

갑자기 조심 운운하다니. 알아들은 자들은 잠시 얼굴을 붉혔을 뿐이고, 미처 깨닫지 못한 몇은 퍼뜩 의아한 낯으로 되물었다.

공수는 다만 헛기침으로 말을 맺었다.

다들 한쪽으로는 염두에 두었으려나, 아무리 그래도 쉽게 꺼내지는 못한 말이다.

"불편한 말일 수 있으나, 우리 중에 있을지도 모르는 일이라는 것이지."

"아니, 지금 서로 의심이라도 하자는 것이냐?"

누구는 공감하여서 고개를 끄덕였고, 누구는 크게 발끈하여서 언성을 높였다. 처음 말을 꺼낸 공수를 책망하는 투였다. 그러나 공수는 눈감은 채, 더는 입을 열지 않았다.

분명 진노할 만한 일이었고, 차마 입 밖으로 내기에도 어려운 말이다. 그러나 말을 꺼낸 것은 그만큼이나 중차대한 일이기 때문이었다.

마도는 언제이고 두려운 이름이라.

그런데 선뜻 고개를 끄덕이는 이가 있었다.

"공수의 걱정이 괜한 것이 아니라고 생각합니다. 방장."

"그러한가?"

"예, 동기와도 같은 사형제요, 제자들이니, 동문을 의심하는 것이 어찌 가당하겠습니까마는…… 상대는 마도요, 천륜을 거스르고, 인륜을 어디 불쏘시개 정도로밖에는 생각하지 않는 잡것들입니다. 무슨 짓을 한다고 해서 이상할 것 없겠지요."

"허어……."

"저런."

좀체 없는 과격한 말이다. 그러나 공자배는 물론이거니와, 무자배들조차 한숨만 지을 뿐, 뭐라고 말하지는 못했다.

입을 연 이는 다른 누구도 아닌, 무오였다. 전대의 나한 당주로, 지금에는 소림무공을 새로이 정리하는 데에 매진하는 고승이다.

무오는 방 안의 조용한 승인들을 한 번 둘러보고서, 다시금 방장을 돌아보았다.

단호한 모습이다. 방장은 고개를 한 번 끄덕였다. 그러고는 한숨과 더불어서 물었다.

"무오, 자네 말이 옳아. 마도는 참으로 간악한 자들이니. 허나 어떤 방법으로 의심을 해소할 수 있겠느냐."

"그것은."

무오는 눈썹을 잔뜩 모았다.

말문이 막혔다. 소림 무공이라면 사흘 밤낮이라도 실컷 논할 수 있겠지만, 이런 일에는 뾰족한 수가 떠오르지 않았다. 그러나 다른 무자배, 무수가 나섰다.

항상 무오와 툭탁거리면서 소소한 다툼을 멈추지 않는 그였지만, 지금에는 그 뜻을 같이했다.

"내 한 가지 방편이 떠오르기는 하였습니다만."

"무수 사제, 그래 방편이란 무엇인가?"

"확실하다고는 할 수 없지만, 범종이 있지 않습니까. 방장 사형."

"범종?"

"잊으셨습니까. 이백 년 전의 파마범종(破魔梵鐘)입니다."

"그러고 보니. 어허, 그것이 아직 실재하였던가?"

노승들은 서로 돌아보며 수군거렸다. 공자배도 의아한 기색이었다. 그러자 공수가 선뜻 고개를 끄덕였다.

"네, 장경각에서도 남은 기록이 있습니다. 마도가 크게 준동하였을 적에, 파마범종 하나로 마기를 잠재운 일이 있었다 하지요. 그러니 마도에 조금이라도 닿은 자라면, 파마범종의 보력 앞에 어떤 식으로든 틈을 드러낼 것입니다."

"어허, 파마범종이라."

"그것이 과연 소용이 있겠습니까?"

"그래도 없는 것보다야."

선승들은 잠시 수군거렸다. 의구심을 품은 자들도 있었고, 고개를 끄덕이는 자들도 있었다. 가만히 생각하면 나름 가능할 것도 같다.

무수가 말하고, 공수가 확인하였으니. 서둘러 찾아온 범종.

파마의 범종이라, 이름은 참으로 거창하다. 그러나 정작 모습을 드러낸 것은 청동으로 만든 작은 종이었다.

작은 종대에 매달린 범종에는 세월의 흔적이 역력했다.

용의 모양을 새겨놓았지만, 한참 닳아서 뭉툭하였고 연꽃의 대좌가 어렴풋이 남아서 형태만 짐작할 뿐이었다. 몇 줄의 경문이 적힌 듯했지만, 유심히 보아도 어느 경문인지는 헤아리기 어려웠다.

전하기로는 천축국의 보배로운 패엽(貝葉)이 들어오자, 그것을 녹여서 만들었다고도 하고, 또 어디서는 동쪽의 멀고 먼 땅에서 유학 온 선승이 지닌 것으로 동쪽의 법력이 담겨 있다고도 했다.

유래가 명확하지는 않으나, 같이 말하는 것은 만사만악(萬邪萬惡)을 파(破)하는 법력을 지니고 있다는 것이다.

좀체 울린 적이 없는 파마범종을 지금 꺼낸 것이니.

방장은 작은 범종을 앞에 두고는 잠시 눈을 감고 숨을 다잡았다. 선방의 모든 이가 긴장한 눈초리로 불빛 아래에 번들거리는 범종을 바라보았다.

"자아, 이제 종을 울릴 것이니. 모두 마음의 준비를 단단히 하시게나."

"예, 방장."

수염 허연 선승들이 반장하고서 순순히 허리를 숙였다.

그들은 곧 한입으로 염불을 시작했다. 웅얼거리는 계송 소리가 차차 높아지는데, 방장은 그때 범종을 때렸다.

데에에엥!

맑은 소리가 계송과 어우러졌다. 방장은 다시 범종을 때렸다.

따아아앙!

더욱 강렬하다. 이는 고심종(叩心鐘)의 공력으로 범종을 때렸기 때문이다. 방장은 마음을 차분히 하며 다시 종을 때렸다.

무상대능력이 드러나면서 방장의 머리 뒤에는 흡사 보광처럼 황금의 광휘가 일었다. 그리고 방장은 입술을 살짝 벌리면서 범종을 때렸다. 그러자 소리가 사라졌다.

소림사에서 전하는 음공 중 최고봉이라 할 수 있는 항마음(降魔音)과 고심종의 공력을 동시에 시전한 것이다. 여기서 소림의 정종 공력이 아닌 자는 당장 피를 토하고 거꾸러질 터였다.

그 여파는 실로 두려워서, 선방이 당장 내려앉을 듯이 위태롭게 요동쳤다. 그러나 모두 한층 경건한 모습으로 계송을 읊을 뿐이었다.

방장은 그제야 모든 공력을 거두어들였다.

불문의 휘황한 보광이 가라앉자, 선방이 한층 어두워졌다.

"아미타불."

"아미타불."

방장이 손수 합장하며 고개를 숙이니, 선승들도 한 목소리로 불호를 읊었다. 누구도 힘겨워하는 자가 없었다. 공력이 실린 음파가 귓가를 찌르기는 하였으나, 다만 그뿐이었다.

내력이 진탕하였다든가, 심마가 일어나는 일은 없었다.

"참으로 세존의 가호로군. 비록 십 할이라 할 수는 없겠지만, 그래도 마음이 놓이네."

"예, 방장."

선승들의 입가에 쓴웃음이 스쳤다. 그들도 비슷한 속내였다. 아닐 것이라 믿으면서도 한 가닥의 의구심이 있어서, 그리 괴롭게 하는 것이 아니겠는가.

"다들 마음 쓰느라 피곤할 터이니. 오늘은 이만하도록 하세나. 마도의 재래는 참으로 중한 일이니. 더욱 맑은 정신으로 얘기해야 할 것이네."

무자배와 공자배 선승들이 방을 나섰다. 그들은 곧 각자 처소로 흩어졌다. 방장은 자리에 홀로 남았다.

얼마나 시간이 흘렀을까.

방장은 두 눈을 지그시 감은 채, 굵은 염주를 빙글빙글 돌리고 있었다. 문득 눈을 가늘게 떴다.

어둠 내린 자리에 누군가 우뚝 섰다. 장경각주 공수였다.

"어떠하냐?"

"예상대로입니다."

"허어."

방장은 긴 한숨을 흘렸다. 가장 바라지 않는 일을 확인하고 말았으니. 어찌 가슴이 아프지 않을까. 야윈 가슴에 대못을 박아놓은 듯하다.

아프고도 무거운 몸을 한숨으로 달래고서, 방장은 천천히 몸을 일으켰다.

"허면……."

"예, 방장. 상황이 상황인지라 사대금강과 십팔나한이 모두 나섰습니다."

"그래, 그래……. 그럼, 가보자꾸나."

방장은 천천히 걸음을 옮겨, 선방을 나섰다. 웅크린 뒷모습이 더욱 왜소하게만 보였다.

설중단비(雪中斷臂)라.

이조 혜가께서 진리를 구하고자, 달마 선사 앞에서 스스로 팔을 자른 고사를 말한다. 그 자리라고 하여서, 단비정(斷臂亭)이라 불리는 그곳.

사찰의 외곽으로, 달마동에 이르는 외딴 길목에 있었다.

고사(古事)를 그려놓은 석비 하나가 덩그러니 놓여 있고, 정자의 모양으로 단출한 지붕을 올렸다.

밤늦은 때이니, 흐린 구름이 흘러가고 노란 달빛이 가만히 내려 단비정을 비추었다. 그 자리에 지금 한 노승이 털썩 무릎을 꿇었다.

"크헉!"

노승은 당혹감으로 눈을 껌뻑이다가 불현듯 피를 토했다.

한 됫박이나 되는 선혈이 드높이 치솟아, 정자 처마까지 적셨다. 길게 흩어진 핏물을 망연하게 쳐다보다가 느릿느릿 고개를 들었다.

어둠 속에서 여러 승인이 자리를 지키고 있었다.

노승 앞에는 직접 손을 쓴 네 승인이 반장을 취한 채, 단단히 자리를 지켰다. 무릎 꿇은 노승을 보는 눈초리에는 일말의 감정도 없어, 마치 화광을 품은 것처럼 부리부리한 눈으로 지켜볼 뿐이었다.

사대금강이었다.

소림사의 정법을 수호한다는 무승들. 그들 뒤로는 십팔
나한이 있어, 소진을 이루어서 단비정을 에워쌌다.

누가 있어서, 사대금강과 십팔나한이 같이 이루어낸 진
세를 뚫고 나갈 수 있을까.

더욱이 암습에 가까운 한 수로 크게 당한 마당이었다.

"너, 너희가 어찌?"

피 흘리며 꺼낸 노승의 물음에 입을 여는 제자는 없었
다. 그들은 굳게 다문 입술을 더욱 힘주어 비틀었다. 그들
뒤로 낮은 목소리가 울렸다.

"그만, 사대금강은 물러서라."

"아미타불."

사대금강은 한 목소리처럼 답하고는 물러섰다. 그리고
어둠 사이로 야윈 노승과 다른 승인이 천천히 걸어 나왔
다.

방장과 공수였다.

"바, 방장."

"아미타불."

나직이 읊는 불호가 이리도 아플 수 있다니.

피 토한 노승은 가쁜 숨을 억눌렀다. 사연이야 어떻든지

간에, 그 또한 소림의 선승이다. 그러나 그는 망연한 표정을 거두고서, 씁쓸하게 웃었다.

"어찌 아셨소이까? 범종 소리에 어떤 영향도 받지 않았거늘."

"허어……."

그 말에 그만 공수의 입에서 한숨이 터졌다.

누구는 눈을 질끈 감았고, 또 누구는 망연히 컴컴한 하늘을 올려다보았다. 심지어 손을 쓴 사대금강마저도 그러했다.

인정하는 말과 다르지 않다.

방장은 반개한 눈으로 느릿하게 말했다.

"파마범종은 무슨 파마범종이겠는가. 그저 구석에서 먼지나 쌓인 오래된 종에 불과했네."

"허, 허허. 그렇군요."

"풀을 흔들어서 놀라게 하였으니, 누군가는 움직이리라 생각하였지."

노승은 방장의 차분한 말에 고개를 끄덕였다. 그 또한 항마음과 고심종의 공력에 크게 놀라고 당황하지 않았던가. 생 대부분을 소림 제자로 살았지만, 그는 자신이 어디서 왔는지를 잊지 않았다.

천운이 따랐다고 여기고, 다른 일이 있기 전에 모습을

감추려 하였건만.

방장은 이미 대비를 하였던 것이다.

"처음부터 저를 의심하셨습니까?"

"그렇지 않네."

"허면."

"용문제자의 당부였지."

"그 아이가……?"

의아함에 핏발 선 눈을 가늘게 떴다.

어찌, 어찌 짐작하였을까. 도무지 알 수가 없었다. 그 자신조차 가물거릴 정도로 어린 시절의 일이었는데.

"용문제자의 이명이 권야임을 자네도 알겠지."

"들어 알고 있습니다."

"권야라 불리기 시작할 즈음, 서천에서 성마교와 충돌한 적이 있다더군. 그때에 좌현사라 하는 자를 상대하였던 모양이야."

"좌현사를?"

사람도, 직책도 기억한다.

쇠락한 성마교를 지탱하는 이름이었다. 젖은 입가를 훔쳐내면서 느릿하게 고개를 끄덕였다. 그가 기억하는 좌현사 또한 지금의 좌현사일 것이다.

"좌현사라는 자의 성품이 참으로 용의주도하여서, 십

년, 이십여 년의 준비로 만족할 사람이 아니라고 하더군. 그리하여서……. 부끄럽지만, 우리 무자배에까지 눈이 간 것이지."

"허허, 권야의 눈이 과연 매섭군요. 좌현사는 분명 그러한 자입니다. 그는 죽음을 거스르는 자이고, 세월이 멈춘 자이지요."

한참 어린 시절이래도, 그 기억을 돌이키면서 고개를 끄덕였다.

불가에 깊이 귀의한 마음이야 어찌 거짓이겠느냐만서도. 마도에서 태어났음을 부정할 수도 없었다.

차라리 홀가분하여라.

그는 고졸한 미소를 한 조각 베어 물었다. 그를 경계하여서 흩어진 뭇 사형제들의 면면을 차분히 둘러보았다.

무자배의 고승인 무망은 싱긋 웃었다.

무망은 소림사에서도 참으로 독특한 승인이었다.

일신상에 어느 무자배 못지않은 무공을 지녔음에도 절대 드러내는 법이 없었다.

무망을 제압하였다는 소식을 은밀히 전한 터, 무자배가 다급하게 달려왔다. 안도하여 흩어진 지 얼마나 되었다고.

가장 앞장서서 달려온 무오의 입에서 호통이 터졌다.

"무망, 이놈!"

"무오 사형."

잠든 숭산을 다 뒤흔들 정도였다.

그러나 무망은 흐린 미소를 머금었을 뿐이다.

무오는 부르르 몸을 떨었다. 용문제자를 통하여서 새삼 다진 소림 공력이 전신으로 치달았다.

젊은 시절에는 망측하게도 벽력승이라 불리면서, 급한 성질머리를 이미 만천하에 떨친 바이다. 비록 깨우침이 있었다고 하나, 어디 천성이 달라질까.

그래도 폭발하지는 않았다.

무오는 고리눈을 치떴지만, 이내 처연함에 눈꼬리를 늘어뜨렸다.

"어찌 네놈이냐, 어찌 네놈일 수가 있단 말이냐."

어깨를 나란히 하고 있는 무수는 무오를 만류하려다가 말고 눈을 지그시 감았다.

무망은 여전히 슬픈 미소를 그리고서 무자배 사형제들을 그리고 늘어선 사대금강과 십팔나한을 둘러보았다.

같이 자랐고, 같이 늙었다.

소림사의 이름에 단 한 점이라도 먹칠한 적 없고, 수행하는 사람으로서 계를 범한 적조차 없었다. 그런데 느닷없이 마도라 한다. 이게 무슨 날벼락 같은 일인지.

무망은 밭은기침을 터뜨리고는 굽은 허리를 느릿하게 세

왔다. 모인 자들 가운데에 가부좌를 취하는데, 그 모습 또한 그리 힘겹게 보일 수가 없었다.

그러고서 방장을 지그시 올려다보았다.

"방장 사형, 아이들은 알지 못합니다. 소림의 것은 오롯이 소림에 전하였으며, 조금도 소홀하지 않았습니다."

"한 치도 의심하지 않네."

방장은 진심으로 답하였다.

무망은 따로 제자를 두지도 않았고, 그에게 가르침을 청하는 후학에게도 무공 일초반식이 아니라, 붙잡고 경전 한 줄, 두 줄을 전한 것이 다였다. 그렇기에 하필 무망이라는 것이 더욱 충격이었다.

가슴이 울린다.

늙은 노승의 가슴이 울음이 맺힌다.

"이매망량이라 합니다. 강호도상에 흩뿌린 마도의 씨를 말함이지요. 저는…… 흐읍!"

무망은 말을 다 이루지 못했다. 노안을 크게 치뜨더니 퍼뜩 요동치기 시작했다. 악문 이가 바스러질 듯했다. 무언가 내부에서 변고가 일어난 것이다.

야윈 얼굴에 식은땀이 굵게 맺혔고, 일그러진 얼굴은 너무도 고통스럽다.

부지불식간, 방장을 비롯한 승인들이 놀라 다가섰다.

"무망 사제!"

"다가오지 마십시오!"

무망은 격렬한 고통 속에서도 버럭 외쳤다. 어찌나 단호하였는지, 모두 굳었다.

무망은 더욱 이를 악물었다. 노인의 눈동자가 다급해졌다.

"떠난 지 오래이니, 자세한 사정은 알지 못하나. 마교는, 성마는⋯⋯."

힘겹게 몇 마디를 더하였다. 그는 마도의 숨겨진 한 수로서, 상시 통하는 이가 아니었다. 그럼에도 띄엄띄엄 지닌 바를 털어놓았다.

그 사이, 흐려진 계인 위로 땀방울이 후드득 떨어졌다.

"바, 방장. 방장 사형. 내 비록 마장에서 태어난 몸으로, 삿된 속셈을 품고서 입산하였으나. 그래도, 그래도⋯⋯ 끄으으⋯⋯."

말을 채 맺기도 전에 신음이 새었다. 이내 검은 연기가 불길하게 일었다. 다른 어디에서가 아니다. 흐트러진 무망에게서였다.

짙은 연기가 한 가닥, 두 가닥이 법복 아래에서 피어올랐다.

"이, 이게 무슨 변고인고!"

"무망!"

"이것이 성마의 가호이자, 저주……. 저 비록 마도의 불길에 몸을 사르나, 세존의 공덕을 의심하지 않사오니."

"아미타불."

"아미타불."

"성마는 무서운. 그를 조심하셔야, 하는."

한마디, 한마디 쥐어짠 끝에, 억누르던 불길이 폭발적으로 솟구쳤다.

불길은 노쇠한 몸을 단박에 집어삼키고 타올랐다. 그 고통이 얼마나 지독할까마는, 무망은 몇 차례 몸을 비틀기만 했을 뿐, 이내 허리를 세우고 순순히 타들어 갔다.

"아, 아아아. 이럴 수가 있나."

주름진 노안에 눈물이 알알이 맺혀 똑똑 떨어진다.

오랜 수양이 다 쓸모없다.

한 몸과도 같은 사형이, 사제가 저리 가버리니. 검붉게 타오르는 마귀의 불길 속에서 시신조차 건사할 수가 없다.

참담한 마음을 가눌 길이 없어서, 누구는 주저앉아 망연하게 불길을 지켜보고, 누구는 가슴을 때리며 울었다.

이때에 방장은 문득 자세를 고쳐 앉았다. 굵은 염주가 차분하게 굴러가면서, 낮은 독경이 이어졌다. 그러자 망연히 있던 승인들도 새삼 정신을 차렸다.

참담함을 가슴에 깊이 품고서, 맺힌 눈물, 흐르는 눈물을 훔칠 생각도 않고, 그저 독경을 이었다.

그들이 할 수 있는 것은 마도라는 출생에서 벗어나고자 하였던 한 수행자를 위한 독경이 고작이었다.

소림사에서 그런 일이 벌어졌다. 참으로 무참한 일이 아니던가.

본산의 고승이 실은 마도에서 비롯한 자일 줄이야. 이는 소림사만의 일이 아니었다.

소림사에도 이렇게 깊고, 오랜 그림자를 드리우고 있었으니, 다른 곳이라면 또 어떠하겠는가.

슬픔과 더불어서 두려움이 일었다. 그러나 소림사는 이것을 바깥에 크게 알리지 않았다.

무자배의 고승이라고 하지만, 무망이야 원체 활동이 없었기 때문이었다. 그리고 젊은 승인 중 몇이 모습을 감추었다.

그것이 전부였다.

바깥에서 보는 소림사는 언제나처럼 적막할 따름이라. 날이 밝아 와서 산중의 운무를 걷어내도, 계속 타오르는 선향의 푸른 연기는 계속해서 일어난다.

개방의 거지 소녀, 행화는 의자 위에 무릎을 딱 붙이고 앉아서, 조용한 소명을 빤히 바라보았다.

그는 말이 없었다.

행화는 눈을 가늘게 떴다. 아이의 눈동자에는 유독 검은 자위가 컸다. 그만큼이나 많은 것을 볼 수 있는 눈이었다.

용문제자의 안색을 살피려고 눈동자를 가만히 굴렸지만, 아이는 이내 고개를 갸웃거렸다.

그의 얼굴에 다른 변화는 전혀 없었다. 그저 고요한 눈빛이 한층 깊어졌을 뿐이었다.

소명은 조용히 있다가, 묵묵히 고개를 끄덕였다.

"그래, 알았다. 결국에 그리되어 버렸구나."

"네? 뭐가요?"

행화는 크기도 한 눈동자를 끔뻑거리면서 되물었다. 방금 전한 말에 무슨 다른 뜻이 있는가 싶었다.

그저 소림사에서 고목 하나가 쓰러졌다는 것, 한 마디뿐이었는데.

다른 내색은 하지 않아도, 소명의 어조는 참으로 착잡하지 않은가.

소명은 이내 자리에서 일어났다.

"수고해 주어서 고맙구나. 개방 어른들께도 감사의 말을 전해 주렴. 배려를 잊지 않겠다고 말이다."

"헤헤, 아니에요. 그럼, 달리 전할 말씀은 없으신가요?"

속내를 훔쳐보려는 듯이 눈동자를 굴리던 차였던지라, 행화는 제풀에 움찔하여서 억지웃음을 흘렸다. 그러고는 냉큼 한마디를 덧붙여 물었다.

"음."

소명은 흐린 미소를 내비쳤다. 그는 먼지 그득한 행화의 머리를 한 번 쓰다듬고는 자리에서 일어났다.

더 말할 것은 없었다.

일은 다 하였으니. 행화는 이대로 정원을 나서려는데, 아무래도 기이하여서 걸음이 주저주저했다.

암만 생각해도 이상하다.

이리저리 고개를 갸웃거려 보지만, 행화는 곧 콧등을 찌푸렸다.

"에이, 몰라."

고민해도 모를 일이다. 그저 두 눈으로 본 것만 전하면 될 일이다.

행화는 종종걸음으로 용정당을 나섰다.

소명은 정자에 앉아 잠시 넋을 놓았다.

처마를 스치고 내리치는 햇볕이 그를 비추었다.

"기어코 그리되었던가."

개방이 전한 한 줄의 문구는 그저 뼈아플 뿐이었다. 그전의 소식은 머릿속에 남지도 않았다.

걱정했던 일이 고스란히 일어나고 말았다.

사문의 어려움을 헤아릴 수 있기에, 심중에는 이는 격랑이 참으로 세차다. 소림사의 소식에 비하면 만천옹이 어떻고 하는 것은 아무래도 좋은 일에 불과했다.

소림사에서 몸담은 시간은 고작 한 계절에 불과하려나, 새삼 품게 된 사문의 정이며, 사승의 인연이 어찌 가볍다고 할 수 있을까.

소명은 불현듯 어깨가 무거웠다. 감당 못 할 피로가 하염없이 밀려왔다. 차라리 일천의 마구니를 홀로 상대하는 것이 더 나으리라.

치미는 한숨을 다잡고, 또 다잡다가 소명은 퍼뜩 고개를 치켜들었다. 아직 맑은 하늘에 하얀 구름이 느릿하게 흘러갔다. 저기 흐르는 구름은 어디를 향하는 것인지.

하늘 향한 소명의 눈가는 초점 없이 그저 망연할 따름이었다.

소명이 홀로 시름할 적에, 용정당의 다른 전각에서는 때 아닌 소란이 크게 일었다.

"야, 야야. 아서라. 지금은 네가 나설 때가 아니다."

"우이씨!"

위지백이 당장 튀어 나가려는 아함의 목덜미를 덥석 움켜쥐었다.

무슨 일인지는 몰라도, 소명의 기파가 흔들렸다. 그것만 보아도 심상치 않은 일이 벌어진 것이 틀림없다. 생각하기가 무섭게 몸이 움직이려는 차에, 그만 위지백의 손에 붙들린 것이다.

그녀는 입술을 닷 발이나 내민 채, 홱 노려보았지만, 위지백도 이번에는 호락호락하지 않았다. 그는 한층 억센 손에 한층 힘주었다.

"이 녀석아, 나설 때에 나서. 느닷없이 뛰쳐나가서 뭘 어쩌겠다는 거야?"

"저기 거지 꼬마를 잡아다가 족치면 될 거 아니야!"

"일을 더 크게 벌여놓을 참이냐. 안 그래도 일전의 일 때문에 개방에서 너한테 벼르고 있는 걸 몰라?"

"그건 그거고. 이건 이거지!"

"이런……."

덮어놓고 뻔뻔한 아함이다. 위지백은 잠시 할 말을 잃었다. 자신도 어지간하지만, 이 녀석은 자신보다 참 더하다.

"에효, 요놈아. 그래, 네놈이 그리 설치면 소명 놈이 참 어여뻐라 하겠다."

"……몰래 하면."

"안 들킬 자신 있어?"

"없지."

그제야 아함은 버티는 힘을 거두었다. 둘이 입씨름하는 잠깐 사이에 질질 끌린 발자국이 돌바닥에 뚜렷하게 남아 있었다. 아함의 작은 발자국은 까맣게 타들어서 남았고, 위지백의 흔적은 족히 세 치 깊이로 패여 있었다.

그만큼 뛰쳐나가려 했던 이나, 붙잡는 이나 참 어처구니 없는 이들이다.

행화는 자신도 모르는 사이에 겁난(劫難)을 피한 셈이었다.

아함은 이제 포기하여서 잠시 시무룩하게 있었다. 아랫 입술을 삐죽거리더니, 툭 던지듯이 물었다.

"대체 무슨 일인데?"

"나도 잘은 모르겠다만…… 사문에 일이 생긴 모양이다."

"사문이면? 소림사? 그거 대단한 곳이라면서."

"일이 벌어지는데, 대단하고 말고가 어디 있어?"

위지백은 한 번 면박을 주고는 아함을 끌고, 다른 전각으로 자리를 옮겼다. 그곳에는 담씨 내외와 장관풍이 조용히 차를 마시고 있었다.

담일산은 들어서는 위지백을 반겼다.

"오셨습니까, 두 분. 소명 공께서는?"

"그놈은, 예, 뭐…… 일이 있는 모양입니다."

"그래요?"

위지백은 어색하게 얼버무렸다.

담일산은 잠시 멈칫했다. 어디 눈치가 없을까. 위지백의 어색함과 더불어서, 아함의 얼굴에는 불만이 그득했다. 뭔가 있음을 대번에 알았지만, 그냥 고개를 끄덕였다.

그는 성 부인에게 눈짓하여서 자리를 마련하고, 둘에게도 따로 차를 준비했다.

"하하, 과연 천룡세가라고 해야 할지. 참으로 좋은 극상의 차를 다 준비해주더군요."

"극상이라? 그 정도인가요?"

"하하, 그럼요. 이 정도라면 같은 무게의 금으로도 구하지 못할 것입니다."

"흠."

확실히 향은 훌륭하다.

위지백은 은은하게 번져 오는 차향을 맡으며 고개를 끄덕였다.

온기를 느끼면서 잠시 침묵에 젖어들었다.

누구랄 것 없이 조용했다.

차를 권한 담씨 내외도, 위지백도, 끌려와 앉은 아함도.
각자 상념에 빠져 있었다. 그러다가 문득 위지백의 입에서
한탄 비슷한 한마디가 툭 튀어나왔다.

"참, 여러 일이 있었습니다. 정말 여러 일이 있었네요."

"하, 하하. 그렇군요."

담일산은 흘깃 고개를 들었다가, 위지백의 한마디며, 그
의 얼굴에 실린 피로함에 크게 공감하였다. 그도 고개를
끄덕이면서 흘깃 성 부인을 돌아보았다.

그녀도 고졸한 미소를 머금고 있기는 마찬가지였다.

설마 부부의 강호유람이 이렇게 극적으로 변할 줄이야.

성 부인은 미소 띤 채, 담일산과 눈을 마주하고 느릿하
게 고개를 끄덕였다. 인연이 신기할 따름이라. 성 부인은
곧 불퉁한 얼굴로 앉아 있는 아함을 슬쩍 보았다.

소명이 상대해 주지 않으니, 어지간히 마음이 상한 모양
이다. 그러나 저렇게 철모르는 아이처럼 보여도, 서방에서
는 무림중을 떠나, 전설이라고까지 하는 화염산의 주인이
다.

성 부인은 담일산에게 눈짓으로 뜻을 전했다.

'산주는 제가 달래지요. 여기서 위지 선생과 계셔요.'

"크흠."

담일산은 헛기침을 잠깐 흘리며 고개를 끄덕였다. 성 부

인은 슬쩍 아함에게 다가갔다.

"산주, 그만 마음을 푸시지요."

"……."

아함은 뾰로통한 채, 성 부인을 흘깃 보았다가, 다시 고개를 돌렸다. 실망이 이만저만이 아니다. 백옥 같은 얼굴로 저리 실망에 젖어 있으니. 찌푸린 얼굴이라도 같은 여인의 가슴이 같이 아플 정도였다.

성 부인은 미소를 머금고서 아함의 손을 잡아끌었다.

"들어가시지요."

"응?"

"소명 공이 아주 눈이 돌아갈 정도로 어여쁘게 꾸며드릴 터이니."

"정말?"

"아무렴요."

성 부인이 아함을 살살 달래어 다시 방으로 들어가는데, 그 모습을 위지백은 멀거니 보았다.

"저런 수가 다 있을 줄이야."

"하, 하하."

기껏 힘 씨름하면서 끌고 온 것이 못내 무식한 짓거리처럼 느껴진다.

담일산은 그만 웃음을 터뜨렸다. 그는 곧 남은 웃음을

삼켜내면서 말했다.

"여인들이야, 여인들의 방편이 있는 것이지요."

"음, 정말 그 말이 맞는 것 같소. 담 가주."

위지백은 무엇을 떠올렸는지, 퍼뜩 눈살을 찌푸렸다. 그 기색이 여기 없는 누군가를 헤아리는 듯하다. 여인이 여인의 마음을 안다면, 가장은 또 가장의 마음을 안다던가.

담일산은 어째 고졸한 미소를 머금고서, 찌푸린 위지백을 바라보았다.

"가내가 꽤 번잡한 모양이지요?"

"응? 에헤, 번잡은 무슨. 하하, 번잡은…… 번잡이 아니라, 아주 전쟁통이 따로 없소. 기껏 백금장을 세웠을 때만 하여도 이렇게 살 줄은 몰랐는데 말이야. 에혀…… 어디 가는 것 하나까지 다 허락을 받아야 하니."

위지백은 당장 울상이 되어서는 고개를 푹 떨구었다. 그의 신세한탄은 처량했다.

서장제일도, 서천 무림의 제일 도객이건만.

집에서는 등살을 긁히는 남편이고, 등골이 휘는 아버지이다. 담일산 또한 정주 담가라는 내력 있는 가문을 이끌었던 처지였다. 그 와중의 다사다단함은 아무리 말해도 끝이 없을 것이다.

담일산은 미소를 삼키고서 고개를 끄덕였다.

"아이고, 위지 선생. 그래도 아이들 어렸을 때가 그나마 살 만하다오. 이 녀석들이 또 머리가 굵어지고 나면 어찌나 속을 썩이는지."

"그, 그런!"

가보지 못한 길을 먼저 가서, 하염없이 지친 표정이다. 위지백은 새삼스러운 눈으로 담일산을 다시 보았다. 그저 중원의 한 고수라고 생각했던 사람이, 이제는 인생의 선배로 다시 보이지 않는가.

"다, 담 선배!"

"하, 하하."

선배 소리가 절로 튀어나온다. 담일산은 쓴웃음일망정 소리 내어서 웃지 않을 수가 없었다.

두 가장의 눈물겨운 공감 사이에서, 장관풍은 은근히 소외된 채 있었다.

그는 멀뚱멀뚱한 모습으로 한참이고 자리를 지켰다. 뭐라고 하는지 전혀 알아듣지는 못했지만, 그는 한없이 진지한 얼굴이었다.

뜻하는 바가 있는 까닭이다.

장관풍은 눈동자를 좌우로 굴리면서 틈을 보다가, 위지백이 한숨 질 무렵에 성큼 다가갔다.

"백금장주님."

"응? 뭐냐, 애송이."

대뜸 애송이라고 말하지만, 장관풍은 추호도 싫은 기색이 없었다. 서장제일도에게 천산파의 누군들 애송이가 아니겠는가.

장관풍은 신색을 바르게 하고, 마른침을 꿀꺽 삼켰다. 그리고 단단히 두 손을 맞잡았다.

"삼가, 가르침을 청하고자 합니다. 미거한 말학에게 한 수 가르쳐 주십시오."

"뭬이야? 가르침?"

위지백은 험악하게 눈썹을 치켜들었다.

이때에 가르침 운운이라.

목소리가 자연 곱게 나가지 않는다. 치뜬 눈매에서 이미 날이 서 있었다.

장관풍은 험한 기세에 움찔하고 어깨를 들썩였다.

'흐읍!'

가슴이 쿵하고 내려앉았다. 절로 치미는 신음을 간신히 물어 삼켰다. 두렵지만, 그래도 각오한 마음이 흔들리지는 않았다.

두려움을 마주하지 않고서야, 어찌 길을 찾을 수 있으랴.

장관풍은 한층 힘주어서 눈을 크게 떴다. 맞잡은 두 손이 잘게 떨렸다.

"어허, 이런."

담일산은 헛웃음을 흘리면서 슬쩍 몸을 뒤로 물렸다. 갑작스러운 일에 어찌 당황하지 않을까. 경험 많은 노강호로서도 이러한 상황은 처음이었다.

위지백이 일거에 드러내는 기세는 참으로 날카로워서, 담일산도 감탄할 만했다. 가까이 있는 자신이야 그저 한풍이 스치는 정도이나, 똑바로 마주하는 장관풍은 칼날이 목덜미에 닿아 있는 듯할 것이다.

자칫 험한 일이 벌어질 것처럼 살벌하기 이를 데가 없다.

그러나 담일산은 이내 입술을 지그시 깨물었다. 치미는 웃음을 감추기 위함이었다.

대뜸 서리 앉은 것처럼, 위지백이 싸늘한 얼굴을 하고 있지만, 눈매가 슬금슬금 오르락거리고 있었다. 진정으로 노하였다기보다는 장난스러운 기색으로 한가득하다.

"허허, 위지 선생도 참."

아무래도 장관풍이 호된 꼴을 당할 모양이었다.

담일산이 잘못 보지 않았다. 위지백은 옳다구나 싶었다.

굳은 몸 한번 제대로 풀어볼 기회가 아닌가.

'흐, 흐흐흐. 분명 먼저 가르침을 달라 하였겠다.'

위지백은 커흠, 헛기침을 흘리고는 벌떡 일어나 널찍한 자리로 걸음을 옮겼다.

"좋다. 어디 한번 놀아주지."

"헛, 감사합니다!"

장관풍은 번쩍 고개를 치켜들었다. 눈빛에 열의가 가득하여서 뜨겁게 타올랐다. 위지백은 턱을 한 번 치켜들고는 무광도를 곧게 뻗었다.

솟은 도첨 끝에서 햇빛이 부서지며 무지갯빛을 뿌렸다.

딱히 기세를 일으킨 것 같지도 않았지만, 장관풍은 도첨을 마주하는 순간 입 안이 바짝 말랐다.

'이것이 서장제일도!'

위지백은 그저 칼만 치켜들고 있을 뿐이지, 다른 자세를 취한 것도 아니었다. 실로 방만하기 이를 데가 없는 모습이다. 그러나 장관풍은 그런 생각은 들지도 않았다.

자신을 향한 무광도의 그림자를 먼저 이겨내야 했다.

잦아가는 호흡을 억지로 쥐어짰다.

"흐으읍!"

뱃심에 숨을 잔뜩 밀어 넣고서, 퍼뜩 고개를 치켜들었다. 천산파의 조룡심결이 기다렸다는 듯이 기맥을 치달렸다.

천산의 눈보라처럼 차갑고도 세찬 기운이다.

그제야 위지백의 눈도 달라졌다.

'요것 봐라. 그래도 천산 검객이시다 이거지.'

입꼬리를 가만히 치켜들었다. 무형기를 떨쳐낼 정도라면 어울려 줄 만하다. 위지백은 삐딱하게 고개를 기울였다.

기세를 더해가는 장관풍을 보고 있자니, 등용문에서 잠깐 붙잡아 놓았던 도기영이라는 놈이 떠올랐다. 무광도를 잠시 맡겨놓으면서, 나름의 바탕을 다져놓았던 녀석이다.

장관풍에 비교하면 한참 부족하겠지만, 그래도 둘을 붙여놓으면 꽤 그럴듯한 그림이 나올 듯하다.

위지백은 짧은 생각 끝에 히죽 웃었다. 그는 무광도를 살짝 비틀면서 외쳤다.

"어이, 천산 검객. 어디 재주 한번 부려봐라!"

"옙!"

장관풍은 힘차게 대꾸했다. 머뭇거리던 손이 당장 검을 뽑았다.

차아앙!

그림 같은 발검이다.

맑은 소리를 토하면서 천산의 검이 하얗게 번뜩였다. 검광이 눈을 찌를 새, 장관풍은 온 힘을 다해 땅을 박찼다.

어차피 나중이란 없다.

할 수 있을 때에 전력을 다할 뿐.

천산비붕의 보신경과 더불어서 화려한 검세가 폭발하듯이 일어났다.

이를 맞이하는 무광도는 한없이 느리게 움직였다. 그러나 손목을 까딱하는 것만으로도 전면이 전부 위지백의 도세 아래에 놓였다.

땅이 한차례 들썩였고, 쏟아지던 검광이 씻은 듯이 사라졌다.

"헉!"

진기를 이어가는 와중이었건만, 한순간 드리우는 칼 그림자에 부지불식간에 질린 소리를 토하고 말았다.

자랑하는 천산의 검로가 일거에 끊어지고, 사방팔방에 보이는 것은 도영이고, 도광이다.

위지백의 모습은 아예 보이지도 않았다.

"으으으……."

애써 쥐어짠 전의가 사그라지다 못해, 아주 허물어질 듯하다. 비틀어 문 잇새로 신음만 흘렀다.

마치 이것이 서장제일도라고 말하는 듯했다.

만장하는 도광이 높은 담을 넘어서까지 치밀하게 솟구친다. 그 광경은 천룡의 가인들도 모두 볼 수 있었다. 특히나, 용정당을 내내 지켜보고 있던 혁련후는 번쩍이는 도광에 흠칫 물러섰다.

"서장……제일도…… 그저 변방이라고 할 수는 없는 건가."

잇새로 솔직한 속내가 절로 튀어나왔다.

용문제자만 생각하였건만, 저기 있는 서장제일도 또한 간단치 않은 존재일 줄이야.

지금 보이는 기파가 전부가 아니라는 것은 자명한 노릇이다. 그러나 그것만으로도 혁련후는 자신 있게 감당할 수 있노라 할 수가 없었다.

"크윽!"

부러질 듯이 이를 악물었다.

일거에 공간 자체를 폐하여 버리는 용문제자의 무지막지한 술수에 이어서, 서장제일도의 진면목 중 일부를 마주하니.

혁련후는 그 속내가 참담하기 이를 데가 없었다. 일그러진 눈꼬리가 사정없이 요동쳤다.

감정 깊은 눈길이었으나, 혁련후는 온 힘을 다하여서 누그러뜨렸다.

정저지와(井底之蛙)라, 우물 안의 개구리 꼴이었을까.

누구를 탓하겠는가. 결국 부족한 것은 자신이다.

적어도 혁련후는 자신의 부족함을 남의 탓을 돌릴 정도로 반편인 인사는 아니었다. 그리하여서야 어디 천룡을 보좌하는 외문팔가의 영걸이라고 할 수 있을까.

"에잇! 딴생각 말아라. 혼자 자학하고 있을 때냐."

혁련후는 짜증을 드러내면서 벌떡 일어섰다. 이렇게 주저앉아 있을 만한 상황이 아니다.

무엇을 위해 움직였던가.

자신이 정한 소천룡을 천룡의 오롯한 주인으로 세우기 위함이다.

아직 천룡의 후계는 정해지지 않았다.

비록 당대에 들어서 천룡은 하늘 밖에서 잠들어 있는 중이지만. 자신도 알고, 모든 가인도 알았으며, 두 소천룡도 알았다.

닫은 문을 열어젖히면서 한 번 일성을 내지르면, 바로 천하가 요동칠 것이다.

천룡세가의 진실한 힘과 비교하자면, 무가련조차 그저 한 조각에 지나지 않을지니.

혁련후는 마땅한 방편을 떠올리고자 급히 자리를 박찼다.

그와 뜻을 같이하는 외문팔가의 잠룡들을 마주하기 위함이었다.

자신들이 할 일은 아직 무수하게도 남아 있었다.

어쨌든 자신과 여러 잠룡은 천룡세가의 가인으로서, 조금의 삿된 마음도 없었다.

바람이 불어왔다.

어디서 부는 바람인가, 드높은 곳에서 이는 강풍에 무거운 구름이 서로 모이고 흩어지면서 그늘을 드리웠다.

바야흐로, 중원 무림이 서서히 요동치기 시작했다.

군웅호협(群雄豪俠)이 각자 무용을 드러내고, 뜻을 넓게 펼치어 내는 강호, 그곳에서 음모와 귀계는 당연하다면 당연한 일이었다.

언제이든, 어느 곳이든, 무림인이란 서로 싸우고, 죽었다.

사소한 것에 은원을 맺고, 풀었다.

그러나 중원 천하를 흔들 정도의 일은 지난 십수 년간에는 없었다.

아직은 고요하였고, 일이 있는 곳만 있는 정도였다. 그러한 중원이 막 뒤틀리려고 하였다.

천하에 드리워가는 구름은 절대 가볍지 않았다. 그것은

한없이 불길하였고, 짙은 피비린내를 품었다.

　구름을 몰고 오는 먼 바람에 요동치는 것은 갈대만은 아
닐 터였다.

제2장
괴변(怪變)

　소림사에서 전한 한 줄의 소식으로, 소명은 하루 꼬박 모습을 드러내지 않았다.

　두문불출.

　소천룡 회와 과가 같이 찾아오기까지 하였음에도, 얼굴을 마주할 수 없었다.

　정중히 청하였고, 한참을 기다리기까지 하였음에도 묵묵부답이었다.

　성격 급한 과의 얼굴이 한껏 붉게 달아올랐다. 그러나 차마 뭐라고 터뜨리지는 못했다. 여기서 성을 내보았자 자신의 꼴만 우스워질 뿐이라는 것을, 자신이 가장 잘 알았다.

어울리지 않는 두 형제는 결국 발길을 돌렸다.

다른 일행이라도 마주할 생각이었는데, 그쪽 또한 아주 난리여서 뭔가를 얘기할 수 있는 상황이 아니었다.

무슨 소란인지.

담 너머로 먼지가 뿌옇게 솟구치고, 악에 받친 괴성이 꽥꽥거리면서 터져 나왔다. 듣기로는 일행인 서장제일도가 천산파의 검객에게 가르침을 주는 중이라고 하였는데, 엄습하는 기파가 사뭇 위협적이었다.

월동문을 지나자, 당장 번뜩이는 검광이 눈을 찔렀다.

저것을 어디 가르침을 주는 모습으로 볼 수 있으랴. 천산파 검객은 진정 살고자 온 힘을 다하고 있었다.

용솟음치는 도광경풍(刀光勁風)이 천지사방을 모두 점하여서 휩쓸고, 몰아붙이고 있는데, 검객은 여기에 휘말리지 않으려고 안간힘을 다한다.

허공으로 박차 올라서는 온 힘을 다해서 신형을 뒤틀었다. 전신을 휘감은 검광이 번쩍번쩍 번뜩였다. 그러나 바람 앞에서 속절없이 흩어지는 갈대밭처럼, 이내 힘을 다하여서 스러질 듯했다.

"허어……"

과는 저도 모르게 한숨이 새었다. 그러고는 자신의 한숨이 마뜩잖아, 입매를 비틀었다.

"회 형의 뜻을 조금은 알겠습니다."

"그러하냐."

회는 담담한 어조로 답했다.

용정당을 찾기 전, 회는 당부했다. 소천룡이라는 이름으로는 조금도 움직일 수 없는 사람들이라 하였다. 그 당부가 가당치 않다고 여겼건만, 괜한 말이 아니었다.

세외의 흔한 고수라 여겼던 것이 얼마나 큰 자만이었던지.

구름처럼 일어나는 도운(刀雲)의 경지만 보아도, 자신의 눈 아래에 있다고는 감히 장담할 수 없었다.

'크윽……'

천룡세가의 양대무맥인 무극류와 혼원류.

어깨를 나란히 하고 있는 회는 무극류의 전인으로, 그 경지에 부친 천룡대야의 한창때에 비견할 만하다. 자신은 혼원류로 결코 가형에게 뒤지지 않는 경지에 이르러 있었다. 그럼에도 엄습하는 도풍경력의 여력을 헤아리자 몸에 절로 힘이 들어갔다.

회는 그 기색을 읽고서, 낮은 목소리로 말했다.

"적으로 삼기에는 피곤한 사람들이다. 오만으로 오판하

지 마라."

"오만, 그렇군요. 오만."

과의 얼굴에 고랑이 깊이 팼다. 치뜬 눈초리에 날이 파랗게 섰다.

그러는 와중, 도운은 한층 뿌옇게 일어났고 악착같이 번뜩이던 검광은 기운이 다하였는지, 점점 흐려졌다. 이러다가 그만 뭉게뭉게 일어나는 도운에 삼켜질 듯했다.

이를 계속 지켜보고 있는 것 또한 예의가 아닐 터.

"그만 물러나지요."

"음."

"두 분 돌아가십니까."

그래도 두 사람을 맞이하였던 담일산이 넌지시 물었다.

굳은 표정의 과와 달리, 회는 차분한 미소를 머금고서 그에게 슬쩍 고개를 숙였다.

"예, 담 가주. 때를 잘못 맞춘 저희 잘못이지요. 나중에 다시 찾아뵙겠습니다."

"허, 허허. 그렇군요. 예."

담일산은 영 어색한 웃음을 흘렸다.

소천룡이나 되는 이들이 이렇게 예의를 갖추는 것이 아무래도 어려웠다.

비록 연을 끊어냈다고는 하지만, 한때에 그 또한 정주

담가의 가주로 무가련에 속하였던 몸이다. 어찌 어렵지 않을까.

그에게 소천룡은 구름 위의 이름이다.

소천룡의 두 형제는 더 말하지 않고 자리를 피했다.

담일산은 묵묵히 나서는 두 사람의 뒷모습을 잠시 지켜보았다.

"소천룡, 소천룡이라. 참으로 남다르군."

제법 오랜 세월 동안 침묵하였던 천룡세가였다. 그러나 세상은 아직 천룡세가의 진면목에 대해서 잘 알지 못하고 있지 않았는가 하는 생각이 들었다.

저리 뛰어난 용중지재(龍衆至材)가 둘이라니.

아니, '지재'라는 표현 또한 우습다. 저들은 이미 천하고수, 그 반열에 이른 자들이다. 과연 천룡이란 말인가.

담일산은 문득 눈매를 모았다. 지금 머릿속에 떠오르는 것은 당연하게도 그를 대신하여 가문을 이끄는 아들 녀석이었다.

오래도록 공을 들이고 또 들이기는 하였지만.

담일산은 서서히 고개를 돌렸다. 그 자리에는 위지백과 장관풍의 일장 소란이 서서히 마무리되고 있었다. 더는 악에 받친 괴성이 들리지 않았다. 대신, 고통에 가득 찬 처절한 신음만이 맴돌았다.

신음 곧 비명이 될 것이고, 비명이 다하면 통곡이 터질 것이다. 아침나절부터 그러했던 것처럼.

"서천 무림의 무련은 다 저런 식으로 하는가? 참으로 격렬하고도 실전적이구나."

설마 그럴 리야 있을까마는.

담일산은 가만히 수염을 쓸어내렸다. 그의 눈에 위지백의 무자비한 손속은 분명 인상적이었다. 그는 새삼 마음을 다잡았다.

풍산소선이라는 나름의 무경을 이루고서, 더는 이룰 것이 없다고 생각한 것이 얼마나 큰 오만이었는가. 그저 짧은 생이라고 손을 놓고 있었으니.

나이 든 자의 손이 부끄럽다.

담일산은 힘주어 주먹을 움켜쥐었다. 문득 청량한 기운이 일었다. 비록 일선에서 물러나 유람하는 걸음이라고 하나, 그는 무인이다.

무인은 언제고 굳세게 자신을 단련해야 하지 않겠는가. 아울러 못난 자식 녀석도 함께.

"음, 음."

담일산은 힘주어 고개를 끄덕였다. 무엇인지 단단하게 마음을 다잡은 모습이었다.

밤이 찾아왔다.

유독 흐린 밤이어서, 달빛도 구름 뒤로 숨었다. 사방이 어둑어둑하였다. 드넓은 저택 곳곳에 불길을 밝혔지만, 불빛은 멀리 비추지를 못했다.

사방천지가 모두 잠든 것처럼 한없이 고요했다.

주변에 다른 인적이라고는 조금도 없었다. 소리가 있어도, 간간이 부는 밤바람에 수풀이 속살거리는 정도였다.

일체의 정적을 어깨 위에 올리고서, 소명은 다탁 앞 의자에 물끄러미 앉아 있었다. 한쪽 팔은 다탁에 올리고, 조용한 모습으로 그늘 짙은 창가를 빤히 바라만 보고 있었다.

바깥에서 일어나는 모든 변화는 그에게 어떤 영향도 주지 못하였다.

소명은 그저 석상처럼 의자에 앉은 채, 한참이고 움직임이 없었다. 문득 다탁에 올린 팔이 미끄러지듯이 떨어지고, 어깨를 늘어뜨렸다.

"후우······"

아직 정리하지 못한 복잡한 심경이 한숨으로 흘렀다.

그가 느끼기에는 그리 오랜 시간이 아니었지만, 그 사이에 햇볕 들던 창가는 온통 어둠으로 물들어 있었다.

소명이 침묵하니, 방에는 따로 들어와 불빛조차 밝히지

못하고 있었다. 그렇다고 소명에게 다른 불편함은 없었다.

밝은 두 눈에 빛이 있고, 없고는 중요하지 않았다.

소명은 시간이 하염없이 흘렀다는 것을 깨닫고는 느릿하게 일어났다.

서글픔에 마냥 넋을 놓고 있는 것도 정도껏 할 일이다.

소명은 일어나, 새삼 두 주먹을 다잡았다. 그리고 반장을 하면서, 고개를 숙였다. 없는 누군가를 향하여서 갖추는 예의이다.

다시 허리를 세우면서 손을 뻗고, 주먹을 내질렀다. 소맷자락이 담담하게 펄럭였다. 딛는 발놀림은 가벼웠다.

불빛 없는 넓은 방에서 소명은 두 팔을 조용히 펼치고 거두었으며, 나아가고 물러섰다.

이것은 나한십팔수.

어둠 속에서 소명의 손짓은 유려하게 펼쳐갔다. 허공을 가르는 바람 소리가 담담하게 울렸다.

말하기를 소림 무공의 시작이며, 끝이라고도 하는 나한십팔수이다. 소명은 참으로 공을 들이고, 정성을 다하여서 펼치고 거두었다.

나한십팔수를 마무리하자, 소명은 조금도 여유를 두지 않고 허리를 낮추었다. 두 손을 모아 그러쥐고서 좌우로 흔들리는 몸놀림은 짐승의 그것과 닮았다.

이번에는 소림오권이다.

공력은 전혀 발휘하지 않았으나, 소명이 권로를 쫓아갈수록 자연스럽게 굳센 힘이 일었다. 뻗고, 차고, 휘감고, 걷어낸다. 경력이 일어서 바람 소리가 제법 멀리까지 미쳤다.

나한십팔수를 시작으로 소림 오권의 다섯 권법까지.

소림사에서 듣고 배운 모든 공부를 차례차례 펼쳐내고서, 그는 숨을 길게 내뱉었다.

드넓은 방 한가운데, 소명은 합장하며 입술을 질끈 깨물었다. 일장의 무련을 차례로 행하니, 조금도 허투루 펼치는 바가 없었고, 한 줌의 호흡도 놓치지 아니하였다.

그럼에도 소명은 전혀 숨찬 기색이 없었다. 그저 조용하다.

이것은 이제 세상에 없는 선사를 향한 엄숙한 추모이기도 했다.

합장한 손끝에는 미동조차 없었다.

소명은 고개 숙이고 자리를 지켰다. 그리 있기를 한참이다.

'참으로 훌륭한 소림공이 아닌가. 당년에 이만한 경지까지 소림 공부를 연마한 이는 내 본 바가 없다. 헌데, 누구

를 위함이더냐? 일수, 일수마다 서글프기 그지없구나.'

사방에 기척 하나 없건만, 불현듯 누군가의 목소리가 소명의 뇌리를 파고들었다.

환청이나 착각이 아니었다.

그것은 묵직한 사내의 목소리로, 어느 위엄을 지니고 있었다. 그저 하는 말이래도 사람을 공손하게 만드는 그런 무게였다.

천생이랄 수도 있으려나.

소명은 딱히 신기해하지도, 당황하지도 않았다. 아니, 아예 들은 체 만 체였다. 합장한 모습 그대로 자리를 지켰다. 그러자 목소리가 다시 울렸다.

'설마하니, 지금 나를 무시하는 게냐? 아니 들리는 척을 하는 게야?'

"……."

'허어, 이거 너무하는구나. 아무리 그래도 그렇지. 대체 존장에 대한 예우는 대체 어디로 간 것이냐? 허어, 삼강(三綱)의 도리가 땅에 떨어졌다. 떨어졌어.'

여전히 묵묵부답이자.

목소리는 두서없이 떠들어대기 시작했다.

삼강의 도리를 시작으로, 선학의 가르침이 어떻고, 세월 앞선 노인이 어떻고, 등등. 한참을 떠들어대다가 이내 서

럽다고 하소연을 하기 시작했다.

본래의 묵직한 위엄은 내던졌다. 그래도 소명은 아랑곳하지 않았다. 그는 눈을 감은 채, 미동조차 없었다.

'야, 이놈아! 해도 너무하지 않으냐!'

급기야 목소리가 쨍하니 귓전을 호되게 때렸다.

소명의 고요한 입매가 일그러졌다. 이래서야 더 집중하기도 어렵다. 가만 놓아두면 밤낮이고 매달려서 떠들어댈 기세이다.

선사에 대한 추모를 이렇게 훼방 놓다니.

"하아."

묵직한 한숨을 흘리면서 합장한 손을 풀었다.

그러자 목소리는 기다렸다는 듯이 다시 윙윙 울렸다.

'오호, 이제 마무리하는 게냐?'

소명은 치렁한 앞 머리카락을 한차례 긁적거려 헝클어뜨리고는 퉁명스럽게 말했다.

"거 참, 잡귀는 좀 물러가쇼."

'어허, 이놈! 잡귀라니! 잡귀라니!'

목소리는 더 흥분하여서 고래고래 소리를 높였다. 귓전이 쨍하고 울려대니, 실제 소리라면 고막이 나갔을지도 모르겠다. 그래도 소명은 크게 반응하지 않았다.

침착하다고는 하지만, 감정의 잔재는 아직 남아서, 심란하기 이를 데가 없었다.

괜한 일에 신경을 쓰고 싶은 마음은 조금도 없었다.

"잡귀가 아니라면, 잡귀 놀음이라고 해둡시다. 모습은 보이지 않으면서 머릿속에서 소리만 시끄럽게 울려대는데, 어디 사람의 짓이라고 할 수 있겠소."

'어허! 이것이 능광심어(凌光心語)의 지고한 경지이다. 어디 잡귀 운운이냐!'

목소리는 억울한 모양인지 한껏 부르짖었다.

능광심어는 불문의 혜광심어와 더불어서 심공의 지고한 경지를 뜻했다. 단지 공력이 드높다고 이룰 수 있는 것이 아니고, 경지에 이르렀다고 해서 가능한 것이 아니다.

초절한 정력으로 바탕을 이루고, 양생하여서 마음의 뜻을 그대로 전하는 바이니.

일체의 거리와 장애물이 있다 할지라도 뜻을 주고받음에서 어려움이 없다고 한다.

실로 대단한 경지라, 이 또한 사람의 능력이랄 수는 없을 터이다. 그럼에도 어쩌랴, 소명의 입장에서는 그저 잡귀의 장난 짓거리에 지나지 않는다.

"아니, 능광이든, 만광이든. 귀찮다니까. 훠이, 잡귀야 물러가라. 훠이."

소명은 손을 휘휘 내저었다.

목소리가 누군지 몰라 그러는 것이 아니었다. 그저 마냥 떠들고 있을 생각이 추호도 없을 뿐이었고, 그럴 만한 기분도 아니었다.

'허, 허어, 이럴 수가 있나. 후인이라는 녀석이 이 모양이라니.'

뜬금없는 소리이다.

소명은 입매를 잔뜩 찌푸렸다.

"아니, 후인은 또 무슨 얼어 죽을 후인이란 말이오?"

퍼뜩 내뱉는 목소리에 날이 섰다.

'무슨 후인이라니. 그것이 무슨 소리이더냐. 당연히 한 핏줄이라는 소리가 아니겠느냐.'

이것은 그냥 넘겨 들을 소리가 아니다.

소명은 입을 딱 다물고서, 홱 고개를 돌렸다. 치렁한 머리카락을 뚫고서 이글거리는 불빛이 무섭게 번뜩였다.

그로서는 좀체 없는 노도와 같은 감정이 일었다. 따라서 기운이 크게 일었다.

'험!'

놀란 숨소리가 귓가에 이르렀다.

너머의 목소리도 당황한 것이다. 이렇게 날카롭게 반응할 줄은 미처 몰랐던 모양이다.

소리가 멎었다.

심어라고 하는 말소리가 더 들려오지 않았다. 그래도 소명은 그가 아직 이쪽과 닿아 있음을 알았다.

분노가 고요하게 들끓었다.

어느 틈엔가, 용정당의 후원에는 농밀한 기운이 잔뜩 서렸다. 처마 위로 스치는 바람도 보이지 않는 벽에 막힌 것처럼 닿지 않았고, 풀벌레도 놀라서 움츠러들었다.

일체의 정적, 그 가운데에서, 소명은 분노를 고요하게 드러냈다. 농도 짙은 분노였다.

참으로 드문 일이 아닌가.

'자네, 어이하여 흥분하는가?'

한참 만에야, 목소리가 다시 울렸다.

소명은 모를 곳을 향해서 눈빛을 발했다. 흐트러진 앞머리카락 사이에서 흐르는 안광은 전에 없이 살벌할 따름이었다. 뭐라 말 한마디를 더 붙이기가 어려울 정도였다.

심어지경을 통해 전해오는 기세는 가히 살기에 가까울 정도이다.

'어허, 어허허. 그것참.'

목소리는 이내 헛웃음을 흘렸다. 난처함이 하염없이 짙다. 그는 곧 마음을 진정했다.

'자네가 궁씨일맥이 아니라고 하는 건가?'

"되레 내가 묻고 싶은 말이오."

퉁명스럽게 내뱉었다. 그 어조가 사뭇 불손하다.

"무얼 두고, 그런 소리를 하는 거요?"

'거야, 이렇게 편히 대화를 하고 있다는 것 아니겠나. 아무리 심어라 한들, 한 핏줄 정도는 되어야 이 정도의 소통을 할 수 있는 것이라네.'

목소리, 아니, 아직도 동혈의 옥관에 누워 있는 천룡대야는 주저리주저리 말을 늘어놓았다.

소명이 반 죽은 것이나 다름없는 천룡대야의 굳은 기맥을 풀어내고, 뒤엉켜 버린 양대공력을 강제로 진정시키면서, 잠시 공력과 의념이 상통한 바가 있었다.

천룡대야는 그때에 비로소 외부와 소통할 수가 있었다.

다만, 아무에게나 심어를 전하기에는 아직 몸이 온전치 못하였다. 이미 통한 바가 있는 소명을 통해서, 외부와 이어진 셈이었다.

그것은 보다 근원적인 힘, 영력(靈力)이 통한 덕분이었다.

같은 핏줄일 경우에는 영파가 흡사할 수 있었고, 그런 만큼 서로의 심어가 보다 수월하게 통할 수 있는 것이다.

그렇지 않으면, 아무리 능광심어의 경지라 하여도 그저 뜻을 주고받는 것에서 그칠 뿐이지, 이렇듯 일체의 감각을 자유롭게 전하고 받을 수는 없는 일이었다.

설명은 소명의 가슴에 더욱 부채질을 하였다.

뿌드득, 맞물린 잇새로 험악한 소리가 새었다. 그에게는 전혀 달갑지 않은 소리였다. 아니, 소명에게는 역린을 건드린 셈이었다.

영파가 닮았다.

여느 사람이라면 무슨 허튼 소리이냐 하겠지만, 소명은 그렇지 않았다. 그 또한 내외공을 넘어서 영육의 근간을 이루는 영기를 깊이 수련하지 않았는가.

천지간의 바르면서도, 가장 위험한 힘이다.

불가에서는 불광보조(佛光普照)라 하고, 도가에서는 시원삼청(始元三淸)이라 하기도 한다.

근본에 가깝기에 그만큼 위험한 힘이기도 했다.

모든 것은 양날의 검이니. 실상 소명이 품은 공전무용이라는 공부는 그 자체만으로도 강력하지만, 영기를 제어하기 위한 하나의 수단이기도 하였다.

그의 또 다른 바탕인 여공의 가르침이 그러했다.

영파가 통하였음을 굳이 부정하지 않으나, 소명은 천룡대야의 설명에 날 선 반응을 보였다.

"그 말대로라면, 궁가에서 내버린 자식이란 뜻이 아닌가."

'아니, 그게 무슨 소리냐. 궁가에서 자식을 버리다니!'

천룡대야는 더욱 놀라서 외쳤다. 귓전이 따갑게 울릴 지경이었다. 소명은 그러나 노한 태도를 전혀 거두지 않았다.

"그만."

한 마디가 묵직하였다.

심어의 기인도, 그 한 마디를 무시할 수가 없을 정도였다. 절로 소리가 멎었다. 소명은 고요한 눈빛으로 어딘가를 향해서 깊은 눈길을 던졌다.

무덤에 함께 묻힌 아이, 그것이 바로 소명이다.

그것을 버린 자식이 아니라면 대체 뭐라고 한단 말인가.

소명은 외치는 천룡대야가 곱게 보이지 않았다.

차라리 아무런 관계가 없는 것이 더 낫겠다.

"더 듣기 싫소, 그만 물러나시오."

짧은 한마디가 끝이었다. 물러나라는 한 마디에, 목소리는 더 소명에게 닿지 않았다. 마치 이어진 한 가닥 끈을 힘주어 끊어내는 듯했다.

사방이 조용하다.

소명은 느릿하게 몸을 돌려, 방으로 들어갔다.

인적 없는 용정당, 정원을 가득 메웠던 감정의 골이 사그라지자, 그제야 풀벌레가 가만가만 울어댔다.

깊이 감은 눈을 가만히 밀어 올렸다.

눈을 뜨는 하나의 동작에 불과했지만, 어느 신공절학을 구사하는 것보다 더욱 힘겹고, 힘겨웠다.

수년이라는 세월 동안 굳게 닫혔던 눈꺼풀이다. 바윗돌처럼 굳은 눈가의 근육이 다시 움직이는 일이니, 쉬울 리가 없다. 그는 한참 만에야 눈을 온전히 뜰 수 있었다.

눈을 열고, 눈동자를 굴리고 나자, 이제는 굳은 몸을 조금씩 움직이기 시작했다.

우득, 우득.

누운 몸이 꿈틀거릴 때마다 뼈가 바스러지는 듯한 섬뜩한 소리가 울렸다.

정작 당사자는 크게 신경을 쓰지 않았고, 따로 만류할 사람이 있는 것도 아니었다.

서리가 어린 옥관 속에서, 그는 홀로 씨름한 끝에 손을 치켜들었다. 잔뜩 말라서 뼈에 거죽만 겨우 얹은 듯하다.

손은 시린 옥관을 부여잡은 채, 느릿느릿 몸을 일으켰다.

아직 다리는 움직일 수 없었지만, 굳은 몸을 움직여서 손을 뻗고, 허리를 세울 수 있었다.

흡사 일신의 공력을 모두 소진한 것처럼, 느리게 깜빡거리는 눈동자는 빛을 잃고 혼탁했다.

탁한 망막에 밝힌 불빛이 닿았다.

"흐으, 흐으."

몰아쉬는 숨이 힘겨웠다. 그러나 그 또한 오래지 않아서 차분해졌다.

내부에서는 가히 천년 공력이라 할 만큼이나 강대한 내력을 품었다. 그러나 신체는 크게 쇠락하여서, 온몸이 굳어 있었다.

반 시체의 꼴이라 하여도 이상하지 않았다.

그러나 주화입마에 처하고서 수년이다. 그야말로 반 죽음 상태로 있다가 깨어난 사정을 감안하면, 실로 놀라운 몸 상태라 할 수 있었다.

공노가 그의 명을 붙잡기 위해 온갖 수단을 강구한 보람이 있었다.

눈을 뜨고, 몸을 일으키는 것까지.

그는 일단 만족하였다. 흐으…… 내뱉는 숨은 길고 길었다.

천룡대야.

관 속에 앉은 지금에도 그는 당대에 유일무이한 천룡세가의 가주, 천룡대야이다.

그는 지그시 눈을 감았다.

무성한 수염 아래로 가만한 한숨이 흘렀다.

비루한 몸뚱이다. 당년에는 무혈지체를 넘어서 금강지신을 넘보았건만. 지금에 와서는 마른 시체와 다를 게 무언지.

이때에는 혼원류로 몸을 살피면 빠르게 몸을 돌볼 수 있으련만, 혼원류도, 무극류도 모두 좌우로 나뉜 채, 단단히 묶여 있었다. 그리 한 것은 자신이 아니라, 전혀 다른 이였다.

죽은 것도, 산 것도 아닌, 그저 깊은 심연 속에 가라앉아 있다가 깨어났을 적에는 정말 크게 놀랐다.

누가 있어서 굳은 나를 깨울 수가 있단 말인가.

혼원, 무극을 모두 완성하여서 영기를 다룰 수 있는 사람이 아니고는 불가능한 일이었다. 그에 못지않은 경지에 이른 가문의 원로들도 하지 못한 일이건만.

뜻밖에도 젊은 아이였고, 영파가 닮은 것을 보고 한 핏줄이라는 것을 알았다. 이리 고맙고, 반가울 데가 있는가 하였는데. 버린 아이라니.

아무리 그가 정신을 놓은 세월이 오래였다 하더라도, 가문의 대소사를 모두 관장하였으니. 특히나 손이 귀한 궁씨 가문이었다.

아이를 잃은 일도 없었건만.

"대체 어찌 된 일인가."

혼란한 심정을 가누지는 못해서 탁한 눈동자가 바르르
흔들렸다.

천룡대야는 색 바랜 모습으로 관 속에서 한참이고 망연
히 앉아 있었다.

"허어……."

문득 긴 한숨이 흘렀다.

천룡대야가 실로 수년 세월 만에 눈을 뜨고, 몸을 세웠
다. 그러나 이곳의 변화를 눈치채는 이는 없었다.

정확하게는 이곳에 신경 쓸 여유가 조금도 없었다고 말
하는 편이 옳았다.

공노마저 여기에 있을 수 없는 정도의 일이었다.

천룡대야가 눈을 뜬 그 순간, 저택에는 아니, 낙양 땅에
는 기괴한 일이 벌어졌다.

처음 시작은 흐린 하늘에 달빛이 저물 무렵이었다.

하나, 둘. 낯선 이들이 비척거리는 걸음으로 대로 위에
나타났다. 그들은 뭔가에 홀린 것처럼 넋을 잃은 표정이었
고, 앞으로, 앞으로 나가는 걸음은 조금의 기운도 없어서
흐느적거렸다.

마냥 기이한 모습이었다. 다 저문 달빛이 언뜻 괴이한

몰골을 비추었다.

희뿌연 눈에 깜빡임은 없었다. 벌어진 입에서는 폐부를 긁어대는 것처럼 쥐어짜는 신음이 흘렀다. 그리고 앞으로 뻗은 두 손을 힘없이 휘저어댔다.

졸음에 허우적거리는 것처럼 굼뜬 모습이라서 큰 위험으로는 보이지 않았다. 그러나 수십, 또 수백에 이르는 자들이 끝도 없이 밀려들었다.

대로가 흐느적거리는 사람들로 가득 차면서 상황은 전혀 딴판으로 돌변했다. 그저 몇몇 부랑인이 들어서는 것이 아니었다.

그들이 들어선 대로, 백마대화가는 낙양의 유력자들이 모인 곳이다. 당연하게도 이곳은 다른 어느 곳보다 치안이 철저한 곳이기도 했다.

낙양부의 군관 수십이, 밤낮 없이 오가면서 살폈다. 그런 곳으로 외인이 무리지어 몰려든다. 어찌 가만히 두고 볼 수가 있을까.

"감히! 무슨 짓이냐! 당장 물러가지 못할까!"

칼까지 찬 군관이 나서서 빽 소리쳤다.

그는 상황을 제대로 파악하지 못했다. 멀리서 느릿하게 다가오는 걸음 소리에 그저 잡인 몇이 들어선 것이라 여겼을 뿐이다.

그러나 비척 다가오는 걸음 앞에서는 아무런 의미도 없었다. 그들은 자신들과 다른 이들을 향해서 느릿하게 손을 뻗었다.

"어허, 이것들이!"

군관들은 험한 소리를 짓씹으면서 성큼성큼 다가가 불빛을 비추었다.

"아니, 이게 무슨?"

불빛에 드러난 이들은 하나같이 희뿌연 눈으로 느릿느릿 다가올 뿐이다.

그들은 죄 두 손을 앞으로 뻗고서 무엇을 찾는 사람처럼 손을 휘저었다. 보다 못하여서, 군관들은 몇을 베어서 내쫓고자 했다.

그렇지만, 두서없이 뻗어오는 손길에 치켜든 칼날을 어찌 휘저을 틈도 없었다. 욕설과 함께 냅다 걷어차고 밀쳐냈다. 그래도 쓰러진 이들은 다시 일어나 손을 뻗었다.

"에이잇! 놓아라, 놓아! 억? 어어억!"

뻗고 뻗은 손짓에 파묻히자, 당황한 소리는 이내 끔찍한 비명으로 변했다. 휩쓸리는 순간, 사지가 갈가리 찢겨나가고 말았다.

"아아악! 으아아악!"

군관 하나, 둘이 아니라, 몇이나 되는 오(伍)가 한순간에 휩쓸렸다. 손을 뻗어서, 마구잡이로 잡아당겼다. 수십, 수백이 그렇게 손을 썼다.

처절한 비명이 터져 나오면서, 백마대화가에서 악몽이 시작되었다.

그림자는 꾸역꾸역, 계속해서 밀려들었다.

"아악!"

"으아악!"

처절한 비명이 연이어 터지며 늦은 밤을 뒤흔들었다. 한둘이 내지르는 비명이 아니었다. 이어서 수백이 토해내는 기이한 울음이 울렸다.

"으어, 으어어어!"

어디 저승, 지옥에서 울려 퍼지는 아우성이 이러할까 싶다.

비명과 괴성으로 잠들었던 대로는 놀라 잠에서 깨었다. 천룡의 대저택도 바로 반응했다.

불빛이 삽시간에 전 저택으로 퍼져 나가면서 주변을 환히 밝혔다. 그리고 백검과 흑권, 양당의 고수들이 바로 달려 나왔다.

잠든 모습은 누구에게도 없었다.

참으로 정예다운 모습이다. 그들은 문밖을 노려보면서

크게 경계했다. 그러나 정작 밖에서 벌어지고 있는 일에 대해서는 미처 파악하지 못하였다.

"이, 이게 무슨 변고인가!"

천룡세가의 안가, 저택의 높은 곳에서 혁련후를 비롯해, 백검, 흑권의 양당 당주가 우뚝 섰다. 그들 얼굴에는 언뜻 당혹감이 역력했다.

변고를 깨닫기 무섭게 바로 반응하였지만, 저와 같은 괴변이 벌어질 줄이야.

전혀 생각지도 못하였다.

저 정도라면 수백은 훌쩍 넘길 것이고, 못해 기천에 이를 듯하다. 무수한 수의 그림자가 마치 물결을 이룬 것처럼 느릿하게 다가왔다.

그들은 마구잡이로 손을 뻗었다.

휩쓸린 자는 사지육신이 갈가리 찢겨, 시신 한 점 온전하게 남기지를 못한다. 어디 사람의 짓거리라고 할 수 있을까. 그들은 휩쓸린 관병들을 보면서도 섣불리 나설 수가 없었다.

어디 요괴나 할 법한 짓거리를 벌이면서 계속해서 나아가고 있었다.

"우어, 우어어어……."

대로를 순찰하는 관병의 비명은 이내 잦아들고, 저들이

토해내는 신음만 울려 퍼졌다. 작은 신음이라도, 수백이고, 기천이고 토해내면 그 자체만으로 두려운 일이었다.

"이, 일단 소천룡께."

"되었네, 이미 왔으니."

당황하는 말을 끊었다. 그리고 처마 위로 두 소천룡이 어깨를 나란히 하고 올라섰다. 누가 먼저랄 것도 없었다.

"소천룡!"

"실로 괴변, 괴변이군. 사람의 짓이 아니야."

"저것들은 대체 무엇이랍니까?"

"알 수가 없지. 하지만 무엇이 되었든 길한 일은 아니지 않겠느냐."

노여움이 엿보이는 과였고, 회는 어두운 속내를 감추지 않았다.

두 소천룡은 계속해서 몰려오는 자들을 지그시 바라보았다. 거리를 가득 메우고서 느릿느릿 다가서는데, 노리는 곳은 여기 천룡의 저택이 분명했다.

천룡세가의 안가라는 것을 알고서 몰려오는 것인가.

소천룡의 눈매가 한층 가늘어졌다.

지난 십수 년간, 세상에 그 진체를 드러낸 적이 없는 천룡세가였고, 이곳 저택이 천룡의 아래에 있다는 것도 알려진 바가 없었다.

대체 어찌 알고서 이곳을 노린다는 말인가.

전후를 따지기에 앞서, 그 또한 이상한 일이었다.

헌데…….

소천룡 회는 괴인들의 모습을 물끄러미 보았다. 넋을 잃어, 흐린 눈동자에, 입은 벌어졌고, 마치 걸음마를 갓 시작한 아이처럼 휘청휘청 힘겹게 다가오고 있었다.

"저들 모습은…… 마치 괴뢰와 같지 않은가."

"괴뢰? 꼭두각시 인형 말이오? 흠……."

괴뢰, 그래 괴뢰라는 표현이 맞을 듯했다. 멀리서 보기에도 일체의 이지를 상실하고서, 느릿느릿 다가오는 모습이라니.

지켜보던 소천룡 과는 눈가를 잔뜩 모았다.

"가만, 괴뢰라 하면 부리는 자가 있을 터인데. 어디에도 그런 자는 없지 않소. 대체 뭘 어찌하여서, 이곳으로 몰려오는 거야?"

"그렇구나. 네 말대로야."

그러는 사이, 저들 무리는 천룡의 안가 앞에 섰다.

천룡의 저택은 규모가 큰 백마대화가의 거리에서도 둘째라면 서러울 정도의 규모를 지닌 대저택이었다.

대로의 정중앙에 위치하였는데, 그 앞의 길목만 하여도 수백이 한 번에 오고 가더라도 부족함이 없었다. 그런 곳이 좌우로 몰려오는 사람의 물결로 가득 찼다.

그리고 너 나 할 것 없이 담과 문가에 달라붙어 밀고, 또 밀어대기 시작했다.

"어으, 어으으으으!"

벌어진 입에서 그저 쥐어짜는 신음만 계속해서 울렸다.

저리 미련한 수단이 또 어디에 있을까마는.

사람은 계속해서 밀려오고 있었다. 끝이 보이지 않도록 이어지는 사람의 물결이었다. 천룡의 사람 중 담력 없는 이가 누가 있을까마는, 모두의 가슴 한구석에 비수처럼 예리한 두려움이 파고들었다.

저들 모습은 진정 사람이라고 할 수가 없었다.

이런 상황은 아무리 군략이 뛰어난 이라 하여도 어떤 방편을 내어놓지는 못할 터였다.

"어디서 저런 자들이……."

"낙양의 백성들이다."

"옉?"

"저들 모두가 낙양의 백성들이야."

일그러진 과의 얼굴이 더욱 무섭게 일그러졌다. 그는 회의 말을 의심하기보다는 인파의 면면을 더욱 집중해서 살폈다.

하나같이 시체처럼 납빛으로 물든 얼굴에, 감정을 잃어

멍한 눈, 헤 벌린 입에서는 신음을 겨우 쥐어짤 뿐이고, 휘적거리는 손짓에는 아무런 기운도 없었다.

그러나 그들은 일반 백성들이 분명했다.

낙양의 안과 밖을 가리지 않고, 남녀노소를 가리지 않았다.

드넓은 낙양, 그리고 그 가까이에 머무는 모든 이들이 여기 한 곳으로 몰려오는 것만 같았다.

"사술, 이건 그야말로 사술이군요."

과는 욕설을 짓씹고서, 잇새로 험한 말을 짓씹었다.

심지어 무리 중에는 칼 찬 무인들의 모습도 어렵지 않게 볼 수 있었다. 진정 무림의 구분이 하등 쓸모가 없었다. 대관절 누가 있어서, 이만한 사술을 부리어낸다는 말인가.

모두가 일체의 이지를 잃었다. 마치 한순간, 사람 아닌 무엇으로 화한 듯하였다. 그런 몸으로 모여서, 저택의 높은 담을 향해서 몸을 던지고, 마구잡이로 밀어붙였다.

"황당하군."

"저들은……."

고개를 내젓는 회와 달리, 소천룡 과는 착 가라앉은 눈으로 물결처럼 몰려오는 자들을 지그시 바라보았다. 눈가에는 새삼 살기가 일었다.

"저들을 어찌할 수는 없겠지요."

"하나, 둘도 아니고. 일반 백성만 수백이겠다. 아니, 어쩌면 일천도 훌쩍 넘길지도 모르겠구나. 저들을 모조리 베어버릴 테냐?"

과는 더 말하지 않았다. 그는 힘주어 이를 악물었다. 요동치는 살기와 분노는 뚜렷하지만, 마땅히 상대를 가려야 할 일이었다.

저들이 무슨 죄가 있겠는가.

"하기야, 참담한 일입니다."

"음, 손 쓸 틈도 없이 갇힌 셈이다."

회는 그리 말하면서 눈길을 던졌다. 대관절 이만한 수작을 부린 자는 정작 어디에 있단 말인가. 눈이 닿는 어디에도 없다고 하면 대체 무슨 수작을 벌인 것이란 말인가.

상황이 상황이었지만, 고민은 이어졌다.

저들을 일거에 제압할 수 없는 이상에야, 이런 짓을 저지른 자를 붙잡는 것이 빠른 처치가 아니겠는가. 회와 과는 잠시 입을 닫았다.

"공노!"

회는 눈을 떼지 않고 외쳤다. 때를 맞춘 듯이 공노가 지붕 위로 올라섰다.

"소천룡."

공노는 평소의 성질머리는 다 던져놓고서, 창백한 얼굴

이었다. 노인 또한 변고를 깨닫고 뛰쳐나왔으니. 그는 퍼뜩 예리한 눈으로 주변을 빠르게 훑었다.

유리알처럼 파랗게 물든 눈초리가 사납게 번뜩였다.

"대관절, 어느 지랄 같은 놈이 이딴 짓거리를!"

노함에 밟고 선 기왓장이 와그작 쪼개졌다. 부르르 들보가 다 들썩거렸다.

"공노는 어찌 보시오?"

"이것은, 이것은 아무래도 마도의 짓거리가 분명하구려."

공노는 분한 숨을 토해냈다.

"마도? 그 저주받을 것들이 다시 기어 나왔다?"

"성마의 아래에, 멀쩡한 사람의 혼을 쏙 빼어놓아서, 괴뢰처럼 부려대는 술사 놈이 있었지. 지금의 짓거리는 그쪽 소행이 분명하구려."

마도라는 이름이 사라진 세월이 도시 몇 해일까.

때때로 그 존재감을 내비치기도 하였지만, 기본적으로 백여 년의 세월 동안 목격한 바가 없는 마도였다.

그런 마도, 그리고 술사라니.

소천룡의 얼굴이 누구랄 것도 없이 창백하게 질렸다.

마도가 달리 마도일까.

소천룡 과는 후우, 더운 숨을 내뱉었다. 앞뒤의 사정이

야 어떻든, 이곳 낙양 안가는 그가 관장하는 곳 중 하나이
다. 즉 이곳의 책임은 그에게 있다는 뜻이었다.

그는 형인 회를 흘깃 보았다가, 잔뜩 억눌린 목소리로
입을 열었다.

"공노."

"말씀하시구려."

"어찌 아니 되겠소?"

"에효……."

공노 입에서는 답이 아닌, 한숨이 흘렀다. 가만한 한숨
에는 참 여러 가지가 뒤섞여 있었다.

이미 홀린 것들이라.

눈가림으로 뭔가를 한다고 통할 리도 없고, 정신을 깨우
치게 하자니, 술사 놈을 잡아야 하는데, 어디서 수작을 부
렸는지 찾기도 어렵다.

대로를 빼곡하게 매운 인파는 차고 넘쳐서, 좌우로도 밀
려들었다. 가까이 잇닿은 다른 저택에서도 사람이 홀린 것
처럼 끌려나와 벽에 달라붙었다.

무슨 해괴한 일인지.

그때였다.

공노가 미처 뭐라 답하기도 전에 일이 벌어졌다.

우직! 우지지직!

뭔가 갈라지는 소리가 흡사 마른하늘에 울리는 벼락처럼 섬뜩하게 들렸다. 살피는 눈동자가 일거에 소리 들리는 쪽으로 돌아갔다.

저택의 높은 담.

가히 철벽이라고 할 수 있을 정도로 단단하게 올린 외곽의 높은 담에 균열이 일어나기 시작했다.

정문은 버티어내는데, 정작 벽이 갈라질 줄이야.

"이런!"

저들의 손에는 자비가 없다.

이지를 잃은 자들이 무슨 마음을 품을 수 있겠는가. 그렇다고 손 놓고 물러설 수도 없었다.

저택의 드넓은 마당에 모인 천룡의 무인들은 이를 악물었다. 사정이야 어떻든, 괴변이 몰려오고 있다는 것은 분명했다.

이를 어찌 대처하면 좋을지.

누구도 짐작할 수가 없었다. 지시하는 자도 없었고, 지시할 수 있는 자도 없었다.

그저 입술을 깨물고서 갈라지는 벽을 노려만 보았다. 그런데 등 뒤로 버럭 노성이 터졌다.

"뭘 멍청히 서 있어! 벽에라도 들러붙어! 붙어서 버티라고!"

짜증 섞인 큰 소리가 쩌렁쩌렁 울렸다.

담 너머에서 매양 울리고 있는 기이한 신음을 꿰뚫고, 천룡의 저택을 크게 뒤흔들 정도였다.

마당에서 주저하던 천룡의 무인들은 퍼뜩 고개를 돌렸다.

소명과 위지백이다.

두 사람이 성큼성큼 크게 나섰다. 전혀 주저함이 없을뿐더러, 되레 굳은 얼굴에는 짜증이 솔직하게 맺혀 있었다. 소명은 걸으면서 소매를 차분히 걷어 올렸고, 위지백은 목을 딱 붙잡고서 고개를 크게 돌렸다.

무슨 일인지, 두문불출하였던 용문제자였고, 그에 따라서 용정당에 나서지 않았던 서장제일도. 그 두 사람이다.

둘은 바로 움직이지 못하는 천룡의 무인들을 그대로 스쳐서는 갈라지는 벽 앞에 우뚝 버티고 섰다.

"하는 짓거리가 그때나 지금이나 크게 다르지 않군. 망할 종자들 같으니라고."

"예전보다 더하면 더하지 뭐. 지들 사람이 아니다. 이거 아니겠냐."

위지백이 옆에서 한껏 빈정거렸다. 그러면서 어깨를 한 차례 크게 들썩거렸다.

"이야, 밤이 참 길겠다."

소명은 가만히 주먹을 그러쥐었다.

들썩거리면서 먼지가 피어오르는 벽을, 그리고 담 너머에서 몰려오는 길 잃은 적의를 뚜렷하게 마주하였다.

"그래, 밤이 길겠다."

벽은 계속해서 갈라졌다. 급기야 벽 너머의 모습을 눈으로 볼 수 있을 정도였다.

으, 으으으.

위지백의 일갈에 정신 차린, 천룡세가의 무인들은 다급히 벽에 들러붙었다. 그들은 쥐어짜는 신음과 함께 벽을 밀고 또 밀어대면서 버티었다.

그러나 기세를 타고, 더욱 몰려드는 실혼인들의 압박에 높은 벽은 오래 버티지 못할 듯했다.

"빌어먹을…… 성마의 가호."

말이 좋아, 가호라지. 지금 모양새는 딱 보아도 정신줄을 놓은 상태였다.

말마따나 괴뢰나 다름없는 모습.

개방을 통해서 단속한다고 했지만, 적잖이 늦은 감이 있었던 모양이다.

소명은 이를 악물었다.

저기서 비척비척, 힘겨운 모습으로 계속 밀려드는 자들

은 단순한 마도의 하수인들이 아니다.

아무 상관도 없는, 평범한 낙양의 백성들이다.

일반 백성들을 이용하는 수작질은 천산에서나, 여기서나 전혀 다를 바가 없다.

어찌 이곳, 천룡세가의 안가를 습격하였는지, 사정이나 연유 따위 전혀 알 바가 아니다. 그저 낙양의 백성을 홀려 일을 벌인 것이 괘씸하기 이를 데가 없다.

"그래, 마도라는 것들 본성이란 항상 이따위지, 성마가 어떻고, 대업이 어떻고, 괜한 이들에게 희생만 강요하는……."

비튼 잇새로 험한 소리가 새었다.

"지저분한 것들."

위지백은 어깨를 맞대고서, 계속해서 벽을 밀어붙이는 인파를 노려보았다.

"애당초 뭘 노리는 거야, 이것들?"

"모르겠네. 나야, 천룡세가야?"

두 사람이 서로 속삭일 새, 천룡세가 무인들은 더 버티지 못하였다.

"아무래도 안 되겠습니다!"

"이대로 계속 버틸 수는 없는 일입니다."

사마청과 이충도가 번갈아 외쳤다.

그들은 참았던 살기를 제대로 드러냈다.

버티는 데까지는 버티어냈지만, 천룡세가를 범하려 드는 자들이다. 어찌 버티기만 할 수 있을까.

소명은 그것을 지켜보지 않았다.

"당장 멈추지 못할까!"

냅다 발을 구르며 내지른 일성이 쩌렁 울렸다. 높은 담이 죄 들썩거렸다.

"흐엇!"

휘청거리는 몸을 간신히 부여잡고서, 해연히 놀란 눈들이 소명에게로 향했다.

"귀, 권야 공. 그러나 저들은."

사마청이 애써 목소리를 쥐어짰다. 천룡세가를 향한 저들은 적의가 분명했다. 비록 내막을 헤아릴 수가 없다고 해도, 적의를 품고 달려드는 것을 가만히 두고 볼 수는 없는 일이다.

위지백이 삐딱하게 고개를 기울이고는 새삼 스산한 어조로 말했다.

"거, 빡빡하게 구네. 저기 문밖까지 천룡의 것이라 할 셈이야? 그럼 담을 넘으면 그때에나 칼을 뽑으라고."

"그, 그러나."

사마청, 이충도는 물론이고, 외문을 이끄는 격인 혁련후조차 더 말하지 못했다.

그만큼이나 소명과 위지백이 발하는 기세는 대단했다.

'일전의 그것조차 진면목이 아니었더냐?'

다그쳐 묻고 싶었지만, 그만한 상황은 아니다. 담 아래로 기이한 신음을 흘리는 무리가 더욱 발악하고 있었다.

안타까운 사람들이다.

위지백은 고개를 한 번 꺾었다.

"자아, 어떻게 정리할까?"

"점혈 같은 것은 통하지 않을 것이고."

"그렇지, 상황을 보면 그때보다 더욱 단단해진 것 같어."

위지백은 벽을 긁어대는 이들의 손을 보았다.

"그렇지."

"뭐, 그럼 다른 수가 어디 있나."

"쩝, 역시?"

위지백은 영 마음에 들지 않는 얼굴이었다. 하지만 그도 다른 방도가 없다는 것을 잘 알았다. 아주 크게 살계를 열 작정이 아니라면, 적당히 손을 쓰는 수밖에.

"일단 거리를 만들어 놓지."

소명은 손목을 푸는 것처럼 가볍게 손을 흔들었다. 그러자 위지백은 무광도를 간단히 빙글 뒤집었다.

도인이 뒤로 가고, 도배가 앞으로 섰다. 싸늘한 예기 대신에 투박한 묵빛이 일렁였다.

무광도의 한가운데를 가로지르는 흔철 때문이다.

"그럼, 벽을 만들어 놓아야겠지. 자아, 나가 봅시다."

"적당히 손 써라."

"에이, 알겠어."

안타까운 일은 안타까운 일이고, 또 밤새 칼부림할 생각에 들뜨기라도 한 것인지, 어째 신이 나 보이는 모습이다. 소명은 넌지시 한마디를 당부했다.

"아무렴."

위지백은 빙긋 웃으며 대꾸했다. 그러면서 그의 몸은 단숨에 담 위로 훌쩍 솟구쳤다.

밀려드는 인파 속으로 몸을 던진 것이다. 위지백만이 아니었다. 소명도 움직였다.

"저, 저거, 저거 지금 뭣하는!"

놀란 소리는 단박에 묻혔다.

쿠웅! 콰앙!

사람의 주먹 끝에서 일어나는 소리치고는 너무 거창하다. 듣기로 개방 뇌공에게는 특수한 공력이 있어서, 일수, 일수마다 벽력성이 울린다고 하였는데, 지금은 단지 소리

뿐만이 아니고 말 그대로 폭발이 일어나고 있었다.

소명은 인파 속으로 떨어지는 순간, 맹렬한 일권을 내질렀다.

땅이 움푹 내려앉으면서 사방으로 권경이 퍼져 갔다. 동심원으로 퍼져가는 경력은 강렬하다.

울리는 굉음이 윙윙 울려 퍼졌다. 한 번으로 끝이 아니었다. 소명은 사람 아닌, 바닥을 향해 계속 주먹을 내질렀다.

꾸웅! 꽈앙! 꾸웅!

금군의 신기영(神機營)이라도 몰려온 듯했다.

화약, 폭약을 터뜨리는 것인 양, 바닥이 연이어 들썩거리면서 온갖 굉음이 일었다. 여기에 휩쓸리는 사람이라면 금강동인이라고 해도 온전치 못할 듯하였는데.

정작 상한 이들은 없었다.

소명이 내지른 권경은 폭발하면서, 밀려드는 사람들을 밀어내기만 하였다. 주춤, 주춤 다시 몸을 일으키는데, 소명 앞으로 도광이 번뜩였다. 폭발로 내려앉은 바닥 위로 도광이 파고들자, 갑작스럽게 벽이 생겼다.

갈라진 땅바닥이 위로 솟구치면서 일장의 벽을 이루는 것이다.

"저, 저건 대체 무슨 조화란 말이야?"

담 너머에서 황망한 목소리가 흘렀다. 여기에 답할 수 있는 사람은 누구도 없었다.

단 두 사람이 몰려든 수천을 단숨에 밀어냈다. 소명이 그들을 물러나게 하고, 그 자리에 위지백이 칼을 휘둘러 벽을 만들었다.

그들 뒤로는 단 한 사람도 남기지 않았다.

아무리 넋을 잃은 실혼인이라 하여도, 너무 갑작스러운 일에 어안이 벙벙한 모양이었다.

쥐어짜듯이 내던 신음이 딱 그쳤다.

왕왕, 울려대는 굉음이 점차 멀어졌다.

균열이 일어나는 저택의 정문 앞에서 소명과 위지백은 당당히 섰다.

홀연 휘파람 소리가 길게 울렸다.

위지백이다. 그는 입술을 오므리고는 길고 또 길게 휘파람을 불어댔다. 그 소리는 뾰족하면서도 서늘하였다.

도문에서 말하는 창룡음이 이러하다.

위지백의 몽상순천도는 이제야 속가의 무맥이라고 하지만, 그 연원은 곤륜도(崑崙刀)에 두고 있었다. 우스운 일이지만, 쇠락한 당대의 곤륜파보다 더욱 높은 경지에 이른 것은 아마도 위지백일지도 몰랐다.

창룡음이 멀리 퍼져 나가자, 실혼인들은 잠시 어깨를 들썩거렸다. 그때를 놓치지 않고, 소명이 나섰다. 그는 위지백이 높이 세운 돌벽을 훌쩍 타 넘었다.

두 사람은 굳이 말이 필요하지 않았다.

위지백은 보란 듯이 칼을 휘둘러서, 낮게 고인 먼지구름을 날려버렸다.

"허……저것이 소림의 용문제자."

"그리고 서장제일도이지."

헛웃음과 함께 내뱉은 한마디를, 회가 받았다. 과는 멍한 얼굴을 한껏 구겼다.

"젠장, 저런 말도 안 되는 권법이라니. 저런 경지는 들어본 바가 없소."

"알아보았느냐?"

"날 너무 흐릿하게 보는 거 아니요."

"하하, 설마. 너는 부친대인(父親大人)보다도 먼저 혼원류를 완성한 기재가 아니냐."

"에잇."

과는 더 말하지 않았다. 입씨름할 때가 아닐뿐더러, 이상하게도 예전부터 말로는 항상 지는 듯한 기분이었다. 회와는 그렇다고 치고, 과는 새삼 짙은 눈썹을 바짝 모았다.

일권에 내지른 권파로 수십, 수백을 날려버린다. 그럼에도 상한 사람은 아무도 없었다. 단 한 사람도.

자신이라면 가능했을까.

우득……

과의 한쪽 손이 괜스레 꿈틀거렸다. 그것도 잠시, 과는 새삼 눈을 가늘게 떴다.

위지백이 일으킨 도풍으로 먼지 구름이 씻겨나기는 하였지만, 그것은 거리 일부에 지나지 않았다.

그가 세운 돌벽 너머에는 채 빛이 미치지 않았을 뿐만 아니라, 먼지 구름이 짙어서, 넘어간 용문제자의 모습을 확인할 수가 없었다.

공력이 경지에 이르렀다고 하지만, 이런 악조건이 겹쳐서야 도리가 없다.

이야기 속의 천리안이면 또 모를까.

과는 슬쩍 눈살을 찌푸렸다. 서 푼 정도라도 짜증이 배어 나왔다.

뿌옇게 일어난 먼지 구름 속에서 소명은 차분하게 움직였다.

과격한 일권으로 거리를 벌리기는 하였지만, 지금 한껏 몰려오는 자들에게서 다른 적의는 조금도 없었다. 그저 기계장치처럼 덜커덕거리면서 손을 뻗어올 뿐이다.

"안타까운 사람들."

소명은 진심을 담았다. 그러나 다시 뜬 눈가는 차분하여서 다른 감정은 떠오르지 않았다. 그는 잘게 숨을 내뱉으면서, 합장한 손을 좌우로 천천히 펼쳐갔다.

급물살을 타듯이 다시 몰아치는 사람의 물결을 마주하여서, 소명의 두 손은 유려함을 뽐냈다.

백학의 날갯짓이 이러할까.

소림오권에서도 특히 방어 일체에 있어서, 으뜸을 자랑하는 학권이다.

그러나 소림오권이 어디 대단한 절기도 아닌 것을. 금강권만큼이나 세상에 알려진 바가 무수한 권법이다. 소명은 그것으로 수백, 기천에 이르는 자들을 앞에 두고, 당당히 버티고 섰다.

소명은 여기서 사람을 밀어낸다. 미처 그의 손이 닿지 않는 이들은 위지백이 막아낸다.

그렇게 버티어내는 것이다.

과거, 소명과 위지백은 이리하여서 꼬박 하루밤낮을 버틴 끝에, 성마교의 술사들을 물리칠 수 있었다.

다만, 그때에는 지형이 유리하였고, 동원할 수 있는 인원이 낙양보다 적었다.

오늘, 이때에는 어떠할지.

소명은 차분하게 숨을 다스렸다. 처음 위지백에게 말한 것처럼 긴 밤이 될 것이었다.

위지백은 세운 바윗돌 뒤에서 신경질적으로 칼을 휘둘러 떨쳤다. 갈라지는 먼지 구름 사이로 시커먼 밤하늘이 드러났다.

그는 참은 숨을 길게 토해냈다.

"일단 장소는 만들어 놓았고."

정말 예전 생각에 절로 헛웃음이 흘렀다. 성마교 종자들과 처음 뒤엉켰을 때에도 딱 이런 상황이었다. 그때에 비하면 머릿수는 비할 바가 아니었지만, 천산 일대의 수십에 이르는 부족들이 죄 밀려오지 않았었나.

위지백은 새삼 가슴을 펼쳤다. 그러고는 홱 고개를 돌렸다.

칼날 같은 눈초리가 저택의 높은 담을 한 번에 훑었다.

차마 나서지 못한 천룡의 무인들이 망연한 얼굴로 있었다. 그들은 소명과 위지백이 방금 보인 일장의 무경에, 그만 눈길을 빼앗긴 것이다.

위지백은 망연한 그들 모습에 씨익 웃었다.

이 마당에도 짓는 웃음에는 짓궂은 기색이 뚜렷했다.

"흑권당!"

"예? 예!"

"백검당!"

"예!"

위지백의 힘찬 부름에, 겨우 답이 터졌다. 당주가 따로 있었지만, 그들조차 뭐라 입을 벙긋하지 못하는 상황이었다.

두 당주는 담 위에서 위지백을 빤히 내려다보았다.

좌중을 일거에 휘어잡는 일성이었다.

"당장 뛰쳐나왓!"

마냥 뭐라 할 것도 없어, 양당의 인원이 바로 담을 넘었다. 그래도 질서정연하여서 흐트러짐이 없었다.

백검당주 사마청이 급히 다가섰다. 흑권당주인 이충도 역시 바로 뒤에 섰다. 각오는 단단히 다졌지만, 당장 어찌 해야 할지는 모르는 상황이었다.

"위지 선생, 어찌 대책이……."

"대책이야 뭐 별건가. 자아, 이제부터 밀어내자고!"

"미, 밀어내요?"

사마청과 이충도, 둘의 얼굴이 크게 요동쳤다. 아직 나서지 않은 혁련후의 얼굴도 볼만했다. 지금 그게 무슨 소리인지. 당황한 얼굴들을 마주하면서, 위지백은 이를 드러냈다.

"흐, 흐흐흐."

그 웃음이 사뭇 음흉하다.

"자, 하나!"

"으아아악!"

"다시 하나!"

"아으으아악!"

위지백의 선창에 맞추어서, 아주 있는 대로 발악을 해댔다. 벌겋게 죽은 얼굴로 온몸을 떨어댔다.

죽도록 고련한 일체의 무공초식이 다 쓸모가 없었다. 오로지 용력이 필요한 전부였다.

흑백 양당의 이백이 좌우로 들러붙어서, 어깨로 기우는 바윗돌을 밀고 또 밀어댔다. 그렇게 버티어내는 것이었다. 어느 순간, 바윗돌은 차츰차츰 앞으로 나아가기 시작했다.

막무가내로 들이치던 이들이 단합된 흑백양당의 용력에 조금씩이나마 밀려났다.

"좋아! 이대로만 가자!"

"으아아악!"

기껏 반 치에도 미치지 못하였지만, 수천에 이르는 실혼인이 발하는 괴력을 버티어낸 것이다.

"허, 히히. 저런 식으로 상대할 줄이야……"

절로 헛웃음이 흘렀다. 소명과 위지백의 한 수는 단지 거리만 벌려놓는 것이 아니었다.

바닥을 파헤쳐서 다른 벽을 세우고, 그 벽을 힘껏 밀어내는 것으로 일단 막아 세웠다. 어느 것 하나 범상한 일이 아니었다.

용문제자가 거리를 벌리지 않았다면, 벽을 세운다 한들 제대로 힘을 쓸 공간을 만들 수가 없었을 터였다.

그렇다고, 낙양의 일반 백성을 학살할 수도 없는 노릇이고, 마냥 물러날 수도 없는 일이다.

회는 슬쩍 입술을 깨물고서 고개를 흔들었다. 더 지켜보고만 있을 수는 없겠다. 그는 곧 소매를 걷어 올렸다.

"회 형?"

"오른쪽은 내가 맡으마."

회는 짤막하게 말하고는 가볍게 발끝을 찼다. 그의 신형은 곧 펄럭거리는 깃발처럼 흔들리더니, 삽시간에 거리를 지나서, 사람이 몰려오는 것에 항거하는 가인들 뒤에 섰다.

눈 깜빡할 사이에 일어난 일이다.

회는 곧 크게 소리쳤다.

"모두 당황하지 마라!"

무슨 뜻인가. 당혹감에 고개를 들었지만, 그보다 회의 손이 빨랐다. 그는 빠르게 교차한 쌍수를 그대로 내질렀다. 서로 맞닿아 있는 여러 가인의 등을 향해서였다.

"흐어업!"

등을 타고 파고드는 뜨거운 기운이 한순간 몸을 관통했다. 그러면서 더욱 거대한 진력이 되어서는 수만 근에 이르는 무게를 거뜬히 감당하게 했다.

과는 높은 곳에서 그 모습을 보았다.

"저게 무극류란 말이지……."

자신의 혼원류로 저런 흉내를 내었다가는 가인들마저 모조리 터져 죽을 것이다.

"쯧."

각자 장단점이 명확하다. 굳이 부러워할 것도 없고, 콧대 세울 것도 없다. 자신이 할 수 있는 것을 할 뿐.

과는 홱 고개를 돌렸다.

"혁련후!"

"예, 소천룡!"

"우리는 왼쪽이다! 모두 나서라!"

"명!"

흑백 양당이 나서고, 잠시 주저하였던 혁련후와 외문의 정영들은 힘껏 땅을 박찼다.

공노는 사세가 급박한 와중이라는 것을 알았지만, 두 소천룡의 모습을 보면서 묘한 얼굴로 가만한 웃음을 흘렸다.

"허, 허허. 이것 참."

속내야 어떻든, 젊다는 것이다.

"노신도 마냥 놀고 있을 수야 없지."

공노는 곧 얼굴을 굳혔다. 강퍅한 얼굴이 사이한 빛이 맺히고, 그 순간에 하늘 위로 손을 떨쳤다. 그러자 붉은 불빛이 허공을 날았다.

밤하늘에 두둥실 떠오른 것을 붉게 물든 팔주령(八珠鈴), 여덟 갈래로 만든 청동 방울이다.

고대 제사 때에나 쓰일 법한 낡은 무구(巫具)인데. 그것이 허공에서 혼자 노닐면서 마구 몸을 떨었다.

찌링! 찌리리링! 찌리리링!

귀에 거슬리는 소리가 쨍하고 울려 퍼졌다.

방울 소리는 요사하기 이를 데가 없어서, 귀를 찌를 듯하였다. 그러나 나름의 효용은 있었다. 물밀 듯이 밀려드는 실혼인의 손발이 한층 느려졌다.

마치 추를 하나 더 매단 것처럼 굼떴다.

그들의 행보를 막을 수는 없어도, 발목을 잡을 정도는 되는 셈이었다.

"후우……."

소명은 이때에 잠깐이나마 숨을 돌릴 수 있었다. 불과 몇 호흡이나 지났을까 싶은 순간이었지만, 소명의 주변으로는 이미 수십에 이르는 자들이 서로 뒤엉켜서 꿈틀거리고 있었다.

잠재운다는 것은 불가능하니. 서로의 팔과 다리를 얽어매서 눕혀놓는다.

그렇게 펼치고 거둔 손끝에는 흔들림이 없었다.

일단 예봉은 꺾은 셈이다. 그럼에도 몰려오는 자들, 지나친 자들은 여전했다.

소명은 흔들리는 앞 머리카락 사이로 정광 맺힌 안광을 드러냈다.

그래, 천산에서는 도움 주는 이가 없어, 위지백과 단둘이서 버티어냈지만, 오늘은 다르다.

소명은 슬쩍 입매를 비틀었다.

"자아, 다시 해 보지."

그는 두 손을 활짝 펼쳤다.

그 뒤로, 위지백이 세운 바윗돌이 단단히 버티고 있었다. 소명을 피해서 그쪽에 들러붙은 자가 벌써 몇백이나 될 듯하다.

그것을 지탱하는 데에, 천룡세가의 흑백 양당이니, 외문

정영이니 하는 구분은 없었다. 그저 악착같이 버티어낼 뿐이다.

중요한 것은 휩쓸린 낙양 백성을 피해 없이 막아내는 것, 다만 그뿐이었다.

어느 소천룡을 따르느냐는 알력 따위를 따질 겨를이 없었다. 모두 힘을 보태는 데에 주저하지 않았다.

"거기! 거기! 뚫린다. 버텨!"

"멍청한! 사람을 죽일 생각이냐, 당장 공력을 거두지 못해!"

욕지거리와 험한 말이 크게 터졌다. 그 대부분은 위지백이었다. 그는 보란 듯이 무광도를 연신 흔들어대면서 사방팔방으로 뛰어다녔다.

아무리 일반 백성이라고 하지만, 그 넋을 잃고 백 근, 천 근의 거력을 발휘하는 자들이었다. 공력을 쓰지 않고, 그런 이들을 밀어낸다는 것이 어디 쉬운 일이라던가.

그러나 위지백이 직접 해내고 있었다.

감히 불만을 내뱉을 수 없었다. 그야말로 악전고투였다.

단련한 육신의 힘으로 밀어내고, 어찌 파고들면 던져버리고를 거듭하고, 또 거듭했다. 그러다가 정신을 차려 보면, 어느 틈엔가 한참을 밀려나 있었다.

"크, 크으윽!"

소명이 길목 한가운데에서 버티어내는 판국에 좌우를 지켜내는 몫은 위지백에게 있었다.

"위지 선생! 언제까지 버티고만 있을 수는 없지 않겠소!"

회가 일단의 무리를 뒷받침하여서, 한껏 떨쳐내고선 크게 외쳤다. 그러자 위지백이 냉큼 대꾸했다.

"아함 녀석이 찾아냈고, 담 가주와 천산 애송이가 먼저 움직였소!"

"그렇다면……."

"그때까지 버티면 그뿐이오!"

"음!"

회는 힘주어 고개를 끄덕였다. 그 또한 기약이 없는 소리이나, 마냥 버티어야 한다는 것보다는 훨씬 나았다.

"기운을 다스려라! 한 번에 끝날 일이 아니야!"

회는 주변을 둘러보면서 엄중히 외쳤다.

"예! 소천룡!"

위지백은 새삼스러운 눈으로 두 소천룡을 번갈아 보았다. 각자 방식은 달랐지만, 능숙하게 무리를 이끌었고, 상황을 버티어내고 있었다.

'에헤, 소천룡이 괜한 이름은 아니란 말이지.'

그러나 남의 기세를 마냥 구경하면서 감탄할 때가 아니다. 위지백은 홱 고개를 돌렸다. 그는 버럭 악을 썼다.

"거기, 멍청한 것들아! 왜 붙잡고만 있어!"

"그, 그럼……."

"밀어, 맞붙어서 밀어내라고!"

사방을 뒤흔드는 괴성 속에서도 위지백의 짜증 섞인 일갈은 쩌렁하게 울려 퍼졌다.

그렇게 백마대화가의 밤이 점점 깊어갔다.

*　　　*　　　*

소명은 너울너울 춤을 추었다.

나한십팔수, 소림오형권이다. 소림무공의 가장 기본이라고 할 수 있는 무공이 앞뒤 없이 유려하게 이어졌다. 나한십팔수 속에 오형권이 속하였는지, 오형권 속에 나한십팔수가 속하였는지.

그대로 하나이라. 만법귀일(萬法歸一).

소명은 마치 불문을 수호하는 신장처럼 삼두육비(三頭六臂)의 환영을 이루면서 끝도 없이 밀려오는 실혼의 괴뢰들을 상처 없이 제압해 나아갔다.

소명이 버티는 자리는 그 자체로 난공불락의 금성이었

고, 불괴의 철벽이 부럽지 않았다.

밀어낸다. 끊어낸다. 얽어서 밀친다.

뒤엉킨 채 발버둥치지만 면면부절, 끝없이 물 흐르듯 흐르는 손 그림자에는 조금의 주저함도 없다.

막으면 파고들고, 붙잡으면 흘러간다.

돌고 또 돌아서.

나한십팔수, 소림오권, 그리고 금강권까지.

소림사의 기본공이 그 모습을 보였다. 대단한 신공절학이라 할 수 없다. 흔히 볼 수 있는 무공의 집합에 불과하다. 그럼에도

나한십팔수, 소림오관, 그리고 금강권에 이르기까지.

소림사의 삼대 기본공이라고까지 하는 공부가 그 모습을 보였다. 홀연 빛을 내면서 떠오르는 것은 진창 속에 피어나는 한 떨기의 연화라.

울부짖는 지옥중생을 다독이는 지장의 손짓이 이러할까.

소명은 연꽃을 피어 냈다.

저기 동천이 서서히 밝아온다.

소명은 그제야 좌우로 뻗은 손을 천천히 거두어, 공손히 합장하는 모습을 취했다.

그 손짓은 참으로 고요하여 주변의 상황과는 무관하게만 보였다.

"후우……."

반개한 눈은 어디를 보는가, 내뱉는 숨결은 천 근으로 묵직하였다.

그의 주변으로는 더는 움직이는 기척이 없었다.

아니, 움직임은 있었지만, 그저 간헐적인 꿈틀거림에 지나지 않는다.

소명은 고개를 한 번 비틀었다.

주변을 둘러보니, 낙양의 백성들은 마치 못된 꿈에 빠져 헤어 나오지 못하는 것처럼 괴로워하면서도 끝내 잠든 것처럼 끙끙거렸다.

아직 마도의 술법은 풀리지 않았다. 그러나 이리 제압된 자들은 손끝 하나 움직일 수가 없으리라.

소명은 합장한 손을 내렸다.

겨자씨만 한 기력도 없지만, 한편으로 이보다 더 충만할 수도 없겠다.

소명은 마른 입술을 달싹이고서 흘깃 고개를 돌렸다.

"잡았는가?"

"예, 어려움이 있었습니다만……."

조용한 물음에, 지체 없이 답이 돌아왔다.

장관풍이었다. 그는 창백한 얼굴로 헐떡거리면서 서 있었다. 그의 한쪽 어깨는 피투성이가 되어서 핏물이 줄줄 흘러내렸다.

한 걸음 뒤에 있는 담일산도 처지가 그리 좋지는 않았다.

평소 청수한 인상은 간데없고, 산발한 채, 지쳐서 무너진 담장 위에 걸터앉아서 숨을 달래었다.

"이거야 원…… 소명 공 앞에서는 고생이라는 말도 감히 꺼낼 수가 없겠소이다."

담일산은 쓴웃음을 머금었다.

소명의 주변으로 둥그렇게 쓰러져 있는 일천의 낙양 사람들을 보고 그런 말이 절로 나왔다.

죽은 자 없고, 크게 상한 자 또한 없다.

기껏 팔다리나 삐끗하였을까.

담일산은 가위가 눌린 것인 양 끙끙거리는 이들 모습을 보며 혀를 찼다. 이들을 이리 만들어놓은 술사라는 자는 진즉 잡아다 놓았지만, 사술이 풀리기까지는 시간이 제법 걸린다는 소리에 기함하였다. 그러나 걱정할 것도 없어진 상황이다.

소명도 철로 만든 사람은 아닌지라. 무거운 어깨를 늘어뜨리고서 비척비척 고개를 흔들었다.

기운이 좋지 않았다.

"피곤하오. 당장 주저앉지 않는 게 내가 생각해도 용할 지경이지. 담 장주와 장 검객이 서둘러 준 덕분에 버틸 수 있었소. 감사할 따름이오."

소명은 두 손을 맞잡았다.

공치사가 아니다. 술사를 잡지 못하였다면, 절대 끝이 날 수가 없는 일이었다. 지금 잠재웠다고 하지만, 술사가 다시 수작을 부리면 언제 그랬느냐는 듯이 벌떡벌떡 일어나서, 사람을 상하게 하고, 자신을 상하게 한다.

그것에 자신의 뜻은 조금도 없다. 그렇기에 마도는 두려운 것이다.

"그래, 술사 놈은 어디에 있소?"

"저기, 저기에 있습니다."

장관풍이 급히 몸을 돌렸다. 그 자리에는 위지백이 피식 피식 웃는 얼굴로 있었다. 그의 발아래에 갈의를 걸친 기이한 인영이 엉망인 꼴로 무릎 꿇고 있었다. 그리고 또 다른 이가 있었다.

소명은 눈썹을 치켜들었다.

"어허?"

젊은 도객이다.

먼 길을 왔는지, 먼지 앉은 옷차림은 남루하였고, 늘어뜨린 유엽도 또한 투박하여서 딱히 특색이 있지도 않았다.
그러나 품고 있는 도기만큼은 결코 간단치 않았다.

소명은 그를 바로 알아볼 수 있었다.

"도 위사가 아닌가?"

"헙! 말학 도기영이 용문제자를 뵙습니다!"

등용문의 신임 위사, 아니 위사였던 도기영이 여기 있었
다.

실로 뜻밖의 등장이었다. 정주에 있을 등용문의 위사가
어찌 낙양에, 또 이 순간에 등장하였는지.

도기영은 자신을 알아보는 소명에게 냉큼 두 손을 맞잡
고서 고개를 조아렸다.

어쭙잖더라도, 자신 또한 소림 속가.

용문제자의 위용 앞에 절로 고개가 떨어졌다. 그러자 위
지백이 못마땅한 얼굴로 있다가 냅다 뒤를 걷어찼다.

"으억!"

뭘 어찌할 수도 없어서, 도기영은 그대로 흙바닥에 고개
를 처박았다.

"이 새끼가 사람 차별하고 있어! 확 그냥!"

처음 인사할 때의 태도가 완전 딴판이지 않은가.

도기영은 끙끙거리면서 겨우 몸을 일으켰다. 그는 먼지
투성이 얼굴을 어떻게 하지도 못하고서 부랴부랴 변명했

다.

"오, 오해이십니다⋯⋯."

"오해는 개뿔."

소명은 그 모습을 보면서 고개를 흔들었다.

저택의 어디고 어수선하지만, 용정당은 그래도 고요했
다.

그곳에서 도기영은 얌전히 무릎을 붙이고 앉아 있었다.
눈치 보는 기색이 역력했다. 마른침 한 번 삼키고서 슬쩍
눈동자를 들었다.

옆에서 위지백이 사뭇 험악한 인상으로 노려보고 있었
다. 행여 눈이라도 마주칠까, 홱 고개를 돌렸다.

'커흑⋯⋯.'

속으로 눈물을 삼켰다.

소명은 그 모습에 잠시 쓴웃음을 지었다.

"자, 그 정도로 해두고. 도 위사는 어찌 이곳에 왔는
가?"

"예, 예⋯⋯저 그러니까. 헤헤. 등용문에서 나왔습니
다."

도기영은 머쓱하여서 뒷머리를 벅벅 긁적거렸다. 해맑
게 웃는 모습에는 흐림이 한 점 없었다.

뜻밖의 소리였다.

등용문의 일개 위사라고 하지만, 그의 발전 속도로 보건 대, 오래지 않아서 등용이 될 터이건만.

탄탄대로라 할 등용문을 박차고 나서다니.

위지백도 새삼스러운 눈으로 도기영을 다시 보았다.

도기영은 마른 입술을 한 번 축이고서, 소명과 위지백에 게 공수하며 깊이 고개를 숙였다.

"두 분께 배운 바가 깊으니. 가만히 있을 수가 있어야지 요."

"이런, 이런. 가슴팍에 헛바람이 잔뜩 들어갔구만."

끌끌 혀를 차면서 하는 말이다. 그러나 다른 사람도 아 니고, 위지백의 입에서 나올 소리는 아니다.

소명과 도기영은 입을 다물고서 물끄러미 바라보았다. 실실 웃는 위지백은 그 눈치에 왈칵 이맛살을 찌푸렸다.

"뭐야, 지금 그 눈초리들은?"

"아니다. 아니야."

"참, 대단하십니다. 헤헤, 헤헤헤."

더 말하기도 싫다고 고개를 내젓는 소명이었고, 마냥 어 색하게 웃기만 하는 도기영이었다. 특히 도기영의 잘생긴 이마에는 식은땀이 한참 굵게 맺혔다.

위지백은 짐짓 사나운 눈초리를 쏘아댔다. 그러고는 곧

도기영에게 이를 드러냈다.

"넌 이따 보자."

"하, 하하."

도기영은 울 수도 없어서, 애써 웃었다. 이미 시달려 본 터라서 위지백의 뒤끝이 어떤지 짐작하는 바였다.

웃음이 다하고는 도기영은 새삼 숨을 삼켰다.

두려움이 반이고, 각오가 또 반이다.

이러니저러니 하여도, 그에게 위지백은 또 다른 스승이나 다름없었다. 솔직하게 말하자면, 그저 성질을 부리는 것이겠지만, 자신에게는 가르침이다.

'어쨌든…… 죽었다.'

도기영은 남몰래 한숨을 깊이, 깊이 들이 삼켰다.

다시 맞이한 새벽녘.

기적이라고 말하면 좋을지.

죽은 자는 몇 되지 않았고, 거동이 불가능할 정도로 큰 부상을 당한 자도 손에 셀 수 있을 정도에 불과하였다.

그만큼 무수한 인원이 동원되었음에도 이 정도 피해라니.

저택의 높은 담이 무너지는 것 정도로는 어디 말 꺼낼 것도 없었다.

다만, 이와 같은 괴변이 여기 낙양 땅에서만 일어난 것이 아니었다. 소문은 발보다 빨라서, 불과 수삼일 만에 온 천하가 상황을 깨달았다.

같은 날, 같은 시기에 중원이 크게 들썩거렸다.

동서남북을 가리지 않았다.

어느 곳은 낙양처럼 대처를 잘하여서 큰 피해 없이 마무리한 곳도 있었고, 어느 곳은 흔적조차 없이 밀려나 버리기도 하였다.

그럼으로써.

천하는 알게 되었다.

까마득한 옛적의 전설로 치부하였던 마도가 돌아왔다. 전승보다 더욱 음험하고, 두려운 모습으로.

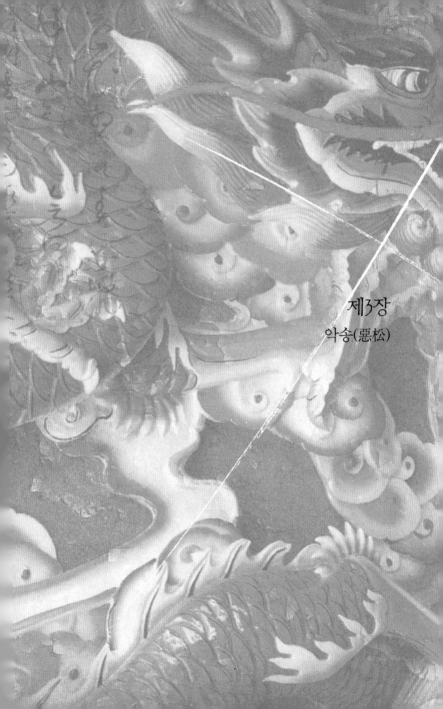

제3장
악송(惡松)

늦가을, 중추(中秋)를 며칠 남기지 않은 무렵.

낙양에 가히 괴사라고 할 만한 일이 벌어졌다.

수백, 못해 일천에 이르는 낙양의 일반 백성이 괴변에
홀리는 일이었다. 그들은 자신도 모르는 사이에 이지를 잃
고서, 서로 잡아먹을 듯이 달려들었다.

남녀의 구분도 없고, 노쇠하거나, 병약하거나 할 것도
없었다. 괴변에 휩쓸린 자들은 모두 마구니처럼 화하였다
던가.

실로 마귀의 짓거리라.

끝도 없이 밀려들어서 낙양 전체가 서로 죽고 죽이는 큰 혈겁이 벌어질 참이었다. 그때에 강호의 이인 두 사람이 홀연 나타나, 그 모두를 제압하였다고 하더라.

괴사는 꼬박 밤을 지새우고서 잠잠해졌다.

햇빛 아래에서 홀린 이들이 차차 정신을 되찾았다. 크게 상한 이가 하나, 둘이 아니었지만, 목숨을 잃은 자는 몇 되지 않았다.

두 이인의 이술(異術)이 참으로 범상치 않았다 한다.

천룡세가의 이름은 알려지지 않았고, 정체 모를 두 이인의 이술에 대해서만 강호에 널리 퍼졌다. 개중에는 이인의 정체가 소림사의 용문제자라 하더라, 말하기도 하였지만, 정확하게 알려진 바는 없었다.

천하 곳곳이 그와 흡사한 괴변으로 소란한 까닭이었다.

섬서에는 마른 땅이 갈라지며 산사태가 일었다. 토사가 밀려와서 한 무리의 상단을 휩쓸었다. 살아나온 자가 없지 않았지만, 그때의 피해는 막심했다.

안휘, 장강의 유역에서는 느닷없는 강풍이 휘몰아쳤다.

정박을 준비하던 뭇 상선이 반파되었다. 이때에 인명 피해는 그래도 적었다.

제일 소란한 것은 하북이었다.

언제부터인지 하북 땅, 이곳저곳으로 은밀하게 퍼져가

던 사교 무리가 후천의 세상이 멀지 않았다면서 소란을 일으켰다.

잠시의 소요로 넘어갈 수도 있는 일이었지만, 하필이면 그곳이 하북의 명가, 팽가의 본가가 있는 보정이었다는 것이 큰 문제였다.

소요는 삽시간에 피를 불렀고, 그것을 시작으로 사교소탕이 들불처럼 번져가기 시작했다.

참화로 얼룩질 뻔하였던 긴 밤을 다하고서, 남은 것은 무너진 담벼락과 깨어진 바닥뿐이다.

천룡의 저택은 잠시 고요했다.

지친 탓이기도 하였지만, 사람도 많지 않았다. 사용인을 비롯하여서, 기력이 남은 자들은 모두 나아가 낙양 백성을 살폈다.

마도의 사술에 홀리면서 선천의 기력을 크게 쇠한 마당이라, 가만히 놓아두면 병마에 시달리기에 십상이었다. 의원은 물론이거니와 무수한 약재가 필요했다.

여기에 두 소천룡은 기꺼이 나섰다.

무수한 자금뿐만 아니라, 뛰어난 인재도 여럿이라. 한번 손을 쓰고자 하니, 낙양성 전체가 약향으로 가득 차올랐다. 그리고 덕분이라 할지, 저택은 조용했다.

소명은 용정당의 심처에서 지친 몸을 쉬었다. 다만, 그 쉬는 모습이 남들과는 크게 달라서, 모르는 사람은 크게 의아했다.

"저게 쉬는 것이라고요?"

"그렇지, 저놈은 저리 쉰다오."

"그래, 상공께서는 저렇게 쉬시지."

당황하여 묻는 소천룡 회에게, 위지백과 아함은 번갈아 고개를 끄덕였다.

세 사람은 차마 들어서지는 못하고, 용정당 후원 입구에 멀뚱히 서 있었다.

익숙한 두 사람은 그러려니 하는 모습이었고, 익숙하지 못한 소천룡 회는 입을 벌린 채, 멍한 얼굴이었다.

소명은 후원에서 느릿느릿 움직이고 있었다.

제대로 숨 돌릴 틈도 없이, 한밤을 꼬박 보내었건만, 대관절 어디에 힘이 남아 있단 말인가.

같이 힘을 쓴, 그와 과는 손가락 까딱할 여력조차 없건만.

소명은 마치 아무런 일도 없었던 사람처럼 권로를 따르고 있었다. 저것이 소림사의 용문제자란 말인가, 아니면 서장의 권야라 해야 할 것인가.

'알면 알수록 더욱 격차를 확인하는 듯하군.'

천룡세가의 후인으로, 소천룡이라고 하는 자신이었다.

딱히 천하제일이니, 유아독존이니 여기지도 않았고, 그리할 생각 또한 추호도 없었다. 그럼에도, 자신의 공부가 부족하다고 여긴 적 또한 없었다.

천하의 고수라 일컫는 오대고수와 몇몇 강호의 노기인을 제외하고는 능히 감당할 수 있으리라 자신하는 바였다. 그러나 헛되고도 헛된 자신감이었다.

물끄러미 보던 소천룡 회는 불현듯 정신을 차렸다.

타인의 연무를 지켜본다는 것은 참으로 강호의 금기이지 않은가. 이렇게 자리에서 물끄러미 보고 있다는 것은 심히 민망한 일이었다.

비록 소명의 투박한 권법이 만천하에 알려진 소림사의 금강권이라고 하여도, 이것은 아닌 일이다. 주춤 고개를 뒤로 빼고서 좌우를 두리번거렸다.

위지백도, 아함도 전혀 신경 쓰는 눈치가 아니었다.

'이런……'

회는 뭐라고 말을 꺼낼 수가 없었다.

문득 혀가 깔깔해지면서, 쓴 침이 고였다. 어느 순간, 지금 자리가 한없이 불편함을 느꼈다.

'아무래도 더 있을 수가 없겠다……'

그는 쓴맛이 도는 한숨을 억지로 삼켰다. 더 보고 있을 수가 없어, 돌아섰다.

위지백은 흘깃 고개를 돌렸다. 그는 다른 말없이 조용히 자리를 피하는 소천룡의 뒷모습을 지그시 보았다.

그의 속내가 어떠할지는 굳이 알 바가 아니었다. 그래도 지금 느끼고 있을 당혹감만큼은 이해할 수 있었다. 그 역시 처음에는 소천룡과 크게 다르지 않았다.

'뭐 저딴 인간이 다 있을까, 했지.'

혼자 이룬 우물 속에서 제 잘난 맛에 설쳐대지 않았던 가. 그 우물 벽을 박살 내어버린 것이 저기 있는 저놈이다.

위지백은 피식 헛웃음을 짓고는 목 뒤를 벅벅 긁었다.

"저놈이야 하루 내내 저러고 있을 터인데. 아함, 계속 여기 있을 테냐."

"응."

아함은 눈도 돌리지 않고 대꾸했다.

그녀는 아예 구석에 놓인 정원석 위에 올라서, 두 무릎을 꼭 끌어안았다. 위지백은 고개를 끄덕였다.

"그래, 그럼 나는…… 어디 저 녀석들이랑 어울려 볼까 나."

사뭇 나른한 어조로 중얼거리면서 발걸음을 돌렸다. 몸을 풀겠다고 돌아서는 위지백 역시 만만치 않은 괴물이기는 하였다. 위지백마저 자리를 피했다. 이제 혼자 남은 아함은 끌어안은 두 무릎 위에 턱을 올렸다.

그녀는 이제 반짝거리는 눈을 깜빡이면서, 소명의 동작 하나, 하나를 깊이 담았다.

금강권은 끝을 짐작할 수가 없었다. 그저 흐르고 또 흐르는 물결처럼 계속해서 이어갈 뿐이었다.

소명이 권로를 차근하게 풀어나가고 있을 때에, 마주하는 용정당의 또 다른 정원 마당에서는 서늘한 바람이 일었다.

한 자루 검이 신중하게 뻗어서 앞을 경계했다. 비스듬히 늘어뜨린 칼날은 번뜩이면서 허실을 노렸다.

장관풍과 도기영, 둘이 서로 대치하고 있었다.

두 사람은 얼추 비슷한 연배인지라, 호기심이 없을 수가 없었다. 더욱이 어깨를 나란히 하고서, 마도의 무리를 베어내기도 하지 않았던가.

무림의 남아라면, 도검으로 교분을 쌓아가는 법.

이처럼 칼을 맞대는 것은 자연스러운 수순이었다.

장관풍은 사뭇 진지한 얼굴이었지만, 조금의 여유가 있었다. 비록 횡액을 당하여서 이리저리 끌려다니기는 하였지만, 그는 서천 무림의 새로운 명문으로 떠오르는 천산파, 그곳에서도 손꼽히는 제자 중 한 사람이었다.

도기영이 비록 위지백이라는 기연을 얻어서 무섭게 실력이 늘었다고 하지만, 쌓아온 세월이 달랐다. 그래도 도기영은 조금도 주눅이 들지 않았다.

이미 상승의 반열에 올라 있는 장관풍을 용케도 맞상대했다.

"도 소협, 조심하시오!"

장관풍은 묵직하게 경고하면서 땅을 박찼다. 표홀한 신법과 날카로운 검광이 어지럽게 흩어졌다.

"흡!"

도기영은 벅찬 숨을 딱 끊어내면서, 유엽도를 빠르게 그어댔다.

소림파에 널리 알려진 팔로도법이다. 본산의 대원도법에서 파생된 도법으로, 상승의 절기라고는 할 수 없어도 호신에 있어서만큼은 부족함이 없다.

도기영은 긁히는 것 정도는 각오하고서, 전면의 요혈로 엄습하는 검광을 모조리 쳐냈다.

두 발을 단단히 하고서, 허리를 한껏 비틀었다. 이번에는 자신의 차례.

"타핫!"

수평으로 뻗어 가는 횡 베기. 도광이 먼저고 대기를 가르는 소리가 뒤늦게 울렸다.

쩌엉!

묵직한 일격이 검신을 때렸다. 장관풍은 밀어붙이는 힘에 순응하여서 그대로 몸을 날렸다. 도기영은 입술을 질끈 물었다.

제대로 보고 베었지만, 손의 느낌이 말해 주고 있었다.

'가벼워…….'

과연, 장관풍은 허공에서 몸을 비틀어 가볍게 몸을 가누었다. 그는 흘깃 허리 어림을 살폈다. 먼저 몸을 가볍게 하고, 검신으로 제대로 받아냈지만, 허리가 다 얼얼하다.

둘은 잠깐 거리를 두고서 신중하게 노려보았다.

각자 한 수의 이득과 손해를 번갈아 본 참이었다. 고하(高下)는 분명했다.

공력이나, 공부 방면으로도 장관풍은 도기영에 비하면 훨씬 우위에 있었다.

그럼에도 대등하게 겨룰 수 있는 것은, 도기영이 지닌 투기가 간단치 않은 까닭이었다. 비록 도세 자체는 엉성하지만, 과감하였고, 약간의 피해를 조금도 두려워하지 않았다.

이를테면 불퇴(不退)의 도법이라 할 수 있었다.

장관풍은 호흡을 차분하게 지키면서, 감탄한 눈초리로

도기영을 보았다. 경시하지는 않았지만, 솔직히 이 정도까지 해낼 줄은 몰랐다.

아직 천산검법의 절초는 발휘하지 않았지만, 대단한 것은 대단한 것이다.

도기영도 놀란 가슴을 다잡기는 마찬가지였다.

'대, 대단하다. 이게 명문의 제자인가⋯⋯.'

흔하다면 흔한 소림의 속가. 그중에서도 일천한 자신이다.

힘을 쥐어짜고, 또 짜내어서 마주하고 섰지만, 장관풍에게 여력이 넉넉하게 있다는 것은 분명하게 깨닫고 있었다.

그렇다고 속절없이 무릎 꿇을 수는 없는 노릇이다.

도기영은 혀끝을 질끈 깨물고는 힘주어 두 눈을 부릅떴다.

둘의 대치가 가만히 이어질 참인데. 불쑥 그림자 하나가 둘 사이를 파고들었다.

"오호, 여기들 있었나?"

"위, 위지 장주."

"위지 대협."

장관풍과 도기영은 부랴부랴 날붙이를 뒤로 거두고서, 다가오는 위지백을 향해 고개를 숙였다.

"에헤이, 무슨 인사야. 그럴 것 없어. 암, 그럴 것 없지.

그보다 둘이서 절차탁마라도 하는 건가? 보기 좋구만."

"하, 하하. 과찬의 말씀이십니다."

일단은 칭찬하는 말이다.

장관풍은 머쓱하여서, 눈을 내리깔았다. 그러나 도기영은 살짝 얼어 있었다. 그는 문득 눈매를 모으고서 위지백의 기색을 훔쳐보았다.

여전히 싱글싱글 웃는 낯이었다. 그런데 웃음을 마주하는 순간, 가슴 한구석이 싸늘했다.

뭔가 불안하다.

그리고 불안은 어김없이 맞아떨어졌다.

"나도 모처럼 몸이나 풀자고."

위지백은 무광도를 대번에 뽑아들었다. 일순의 섬광이 번뜩이듯이 치솟은 도광은 삽시간에 사그라지고, 날카로운 도명이 한 박자 늦게 울렸다.

둘이서 이제껏 겨루었던 기세는 무광도 앞에서 그만 어린 아이 장난 수준으로 뚝 떨어져 버렸다.

위지백은 슬쩍 눈길을 돌렸다.

눈길 앞에서 장관풍과 도기영은 엉거주춤한 채, 잔뜩 얼어 있었다.

"이봐, 천산검객. 뭘 그리 쪼그라들어 있어. 어이, 전 등용문 무사. 가슴 펴야지."

"저, 저어…… 위지 장주."

"대, 대협!"

"자자, 사양할 것 없어. 어허, 사양할 것 없다니까."

"아니, 사양하고 자시고를 떠나서."

장관풍은 더듬거렸다. 뒷걸음질치고 싶은 마음이 솔직했지만, 두 발마저 굳어서 꼼짝할 수가 없었다.

멋모르고 한 수 가르침을 청했다가, 석년에 돌아가신 조부의 모습을 뵙기까지 했다. 이러다가는 증조부까지 뵙게 될지도 모르니.

장관풍은 입이 바짝바짝 말라붙었다. 곁눈질로 도기영을 훔쳐보니, 그 또한 별반 다르지 않은 모양새였다.

새파랗게 질려서는 치뜬 눈이 한껏 요동쳤다.

도기영도 위지백의 칼날 아래에서 죽다 살아난 처지였다.

이리 주저한다고 사정을 둘 위지백이 아니지 않은가.

"자아, 간다. 둘이서 한번 잘 받아봐."

위지백은 친절하게 말했다. 그러나 말이 끝나기도 전에 도풍이 몰려왔다. 물러날 구석을 먼저 차단해 버렸다. 참 무자비한 손속이다.

"으, 으아아악!"

도기영은 발작적으로 악을 터뜨리면서 움켜쥔 칼을 있는

힘껏 떨쳤다. 장관풍도 눈을 딱 감았다.

'에, 에라, 모르겠다!'

그는 악을 쓰기보다는 어금니를 질끈 물고서, 힘을 다해 땅을 박찼다. 옷자락이 세차게 펄럭였다.

아이고, 애절하기 그지없어라.

담 가주, 담일산은 그 모습을 그저 보고만 있을 뿐이지 추호도 끼어들지 않았다. 그 자신도 무경의 경지에 이른 고수라고 하지만, 위지백은 또 다른 경지에 올라선 무인이었다.

공연히 끼어들었다가는 자신의 체면도 깎여 나가기 딱이었다. 더욱이 늙은 몸이라, 전날의 후유증을 여간해서는 떨쳐낼 수가 없었다.

그는 묵직한 한숨을 흘려냈다. 그러다가 행여나 불똥이 이쪽으로 튈까 저어되어서 슬그머니 자리에서 일어섰다.

볼 만한 풍경을 쫓다가 험한 꼴을 당하면 그것도 우스운 일이다.

"어디 부인은 잘 계시는가."

그는 내실에서 쉬고 있을 성 부인을 찾아서 슬그머니 자리를 피했다.

허공을 향해 쭉 뻗은 두 손을 차분하게 거두었다. 맞잡아 합장하고서 소명은 고개를 들었다.

흐릿한 눈가에 초점이 돌아왔다.

끝도 없을 듯하였던, 권로의 반복이 이제야 멈췄다.

걸친 옷은 흠뻑 젖어서, 살짝 건드리기만 해도 땀방울이 후드득 떨어질 듯했다. 고개를 들자, 높이 떴던 태양이 차츰 가라앉아서, 일어나는 노을빛이 서녘 하늘을 태울 듯이 번져갔다.

소명은 서천을 지켜보며 고요하게 숨을 내뱉었다.

금강권, 소명의 손에서 펼쳐친 것은 세상이 아는 것에서 한 치의 어긋남도 없는 금강권이었다.

결국, 소명의 무는 금강권에서 시작했다.

근기를 이룬 것은 여공(呂公)에서 비롯한 공전무용의 비결과 천지영통의 기운이려나, 굳센 무로써 드러내는 것은 소림의 금강권이다.

그는 합장한 손을 내렸다. 문득 평온한 얼굴에 잠깐의 쓴웃음이 어렸다.

"이런 것을 바라지는 않았는데."

마도에 홀려버린 낙양 백성을 상처 없이 제압하고자 밤을 지새웠고, 흔들린 기식을 다잡기 위해서 금강권의 투로를 이어갔다.

끝에, 소명은 또 다른 경지에 닿았음을 깨달았다.

수미산은 어드메냐, 닿을 수 없는 고난의 길. 필요한 것은 오로지 금강의 마음일지니.

다함이란 없는 불완(不完)의 대기, 수미금강권.

소명은 막 수미금강권에 이르는 길에 한 걸음 더 가까워졌음을 알았다. 그는 차분한 숨을 삼켰다.

"선무(禪武), 참으로 지극한 길입니다."

소명은 소림사에서 노조종에게 받은 가르침을 새삼 돌이켰다.

강호의 거듭된 풍파에 일었던 심란이 씻은 듯이 가라앉았다.

저기 높이 떠오르는 낙조는 여래의 보광이려나.

불어오는 바람은 사뭇 스산하다.

소명은 푹 젖어 헝클어진 머리카락을 대충 털었다. 고개를 돌리자, 문가의 정원석에 쪼그리고 앉은 아함의 모습이 보였다.

아함은 끌어안은 무릎 위에 턱을 괴고서 고대로 졸음에 한껏 빠져 있었다.

소명은 아함에게 다가갔다.

"들어가 있지 않고서."

"우웅, 싫어요."

아함은 잠꼬대처럼 웅얼거렸다. 소명은 그런 아함을 보

며 피식 웃었다.

그래, 피곤할 만도 하다.

다른 이는 몰라도, 소명은 아함이 무슨 수고를 하였는지를 잘 알았다.

마도의 수작으로 이지를 잃어, 수족이 되어버린 낙양의 무수한 백성. 본래라면, 그들은 끝도 없이 일어나고, 더욱 퍼져 나아가면서 말 그대로 재앙을 불러일으킨다.

전날 정도로 그칠 수 있었던 것은 아함이 따로 손을 쓴 덕분이었다.

그녀는 변고를 알아채기가 무섭게, 화염산주의 이능(異能)을 발현하였다.

마도의 사술을 억누른 것이다. 그에 더하여서, 술사가 어디에 있는지 또한 파악해 냈으니. 그녀가 있는 덕분으로 낙양 정도로 일을 마무리한 셈이었다.

천산 성마와 더불어서, 서천 땅의 전설로 손꼽는 화염산의 주인다운 모습이다.

아함이 없었다면 과연 일대가 어찌 되었을지.

제아무리 소명과 위지백이 용 쓰는 재주가 있었다 하여도, 큰 피해 없이 상황을 마무리하지는 못하였을 터였다. 그것은 무공의 고하와는 관계없는 일이다.

생각하는 것만으로도 막막할 지경.

소명은 고개를 흔들고, 잠든 아함을 가볍게 안아 들었다.

이제는 다 큰 처녀라고 하지만, 소명이 보기에는 아직도 투정이나 부리는 어린아이로밖에 보이지 않았다. 그래도 두 손으로 안아 들고 보니, 벌써 이렇게 컸던가.

두 팔을 축 늘어뜨리고서, 잠들어 있는 아함의 모습에 쓴웃음이 맺혔다.

소명은 아함을 방으로 옮겼다. 행여 깨어나기라도 할까, 침상 위에 눕히는 손길이 조심스러웠다.

금침 위에서 아함은 소곤소곤 깊이도 잠들었다.

"고생했다."

소명은 아함을 물끄러미 보다가, 한마디를 조용히 남겼다.

방문이 '탁' 낮은 소리를 내면서 닫혔다.

소곤소곤, 잠든 아함의 숨소리가 방 안을 맴돌았다. 심신이 모두 지친 탓에 어지간하여서는 깨어나지 않을 듯했다.

소명은 닫은 방문 앞에서 멈춰 섰다.

이제 노을빛은 힘을 다하여서 차차 어둠 사이로 흩어졌다. 부는 바람은 스산하여서, 이제 한 계절이 다하였음을 알 수 있었다.

그는 어둠 내린 정원을 물끄러미 보았다.

담장 너머로는 다른 전각에 밝힌 불빛이 어른거렸다.

일순, 고요하였던 안색이 확 돌변하여 그는 이를 드러내며 고개를 흔들었다.

"아, 진짜……."

짜증이 역력한 소리가 절로 튀어나왔다.

그는 허리에 손을 척 올리고는 크게 일그러진 얼굴로 고개를 돌렸다.

장원의 또 다른 심처를 향한 눈길이었다. 그곳으로 굳이 걸음할 것은 없었다.

여기서도 충분하게, 아니 과할 정도로 시끄럽고, 번잡스럽기 때문이었다.

'어허! 너 계속 그렇게 못 들은 척하고 있을 셈이냐. 너의 경지를 내 뻔히 헤아렸건만. 참으로 고얀 놈이로다.'

"……."

귀가 쨍하고 귀가 울릴 정도였다. 그래도 묵묵부답.

소명은 대꾸는 않고, 꾹 입을 다물었다.

'야, 이놈아! 정말 이리 나올 테야? 해도 너무하지 않으냐!'

이제는 숫제 투정이다.

성난 목소리가 마치 종소리처럼 머릿속을 뎅뎅 울려댔다. 그래도 소명은 잠깐 눈가를 꿈틀하였을 뿐, 마주 입을 열지 않았다.

'이런, 차라리 세월 모르고 잠들었을 때가 나았어. 이렇게나 무시나 당하다니. 어허, 궁가의 조상영령(祖上英靈)이시여, 굽어 살피소서.'

목소리의 주인, 천룡대야는 어디 조상 운운하면서 계속 탄식을 흘렸다.

천룡대야가 본래 말이 많은 사람이었던 것인지. 아니면 지난 세월, 못 한 말이 지금에야 터진 것인지.

그만한 면박을 주었으면, 관둘 법도 하건만. 참 대단하여라. 천룡대야는 전혀 개의치 않았다.

소명은 결국 깨달았다. 한마디라도 대꾸했다가는 한도 끝도 없을 것이다.

'나는 아무것도 안 들린다. 안 들린다. 안 들린다.'

바깥에서 닿는 소리가 아닌지라, 귀를 막는다고 막을 수도 없다. 능광심어라고 하는 천룡대야의 공력은 정말 신기경에 이르러 있으니.

'어허, 좋다. 너는 떠들라 그거로구나. 오냐, 내 마다할 것 없지. 아무렴.'

전날에 당황하여서 미처 다 못 한 말을 다시 이어간다.

요는 소명이 궁가의 사람이 분명하다는 것이다.

이래저래 말하더라도.

소명은 눈을 꼭 감았다. 그는 밤벌레가 가만히 울어대는 용정당의 정원, 그곳에 놓인 정자에 가부좌를 취하였다.

소명은 그 모든 말을 귓등으로 흘렸다.

믿는 것은 자신의 부동심뿐이다.

한참 열심히 떠들어대다가, 천룡대야는 손을 들었다.

'에이잉, 매정한 놈이로다…….'

못마땅한 속내가 역력한 한마디였다.

이제야 좀 조용하다. 그러나 이것이 끝이 아니라는 것은 소명도 잘 알았다.

"후우……."

내뱉는 한숨에 사뭇 묵직하다. 그러다가 소명은 얼굴을 왈칵 일그러뜨렸다. 불쾌한 속내가 가감 없이 드러났다.

"핏줄, 핏줄이라니. 그게 무슨……."

묘에서 거두어진 아이가 바로 자신이다. 그의 부친은 죽은 어미 곁에서 헐떡이는 자신을 구해준 도굴꾼 대일, 한 사람뿐이다.

고작 심어인지 뭔지가 통한다고 후인이고, 가족, 혈족, 핏줄 운운이라니.

우스운 일이다.

그러나 천룡대야의 목소리에는 조금의 거짓도 없었다. 그는 솔직하게 당황하였다. 그것이 더욱 소명의 마음을 짓눌렀다.

쉽게 떨쳐낼 수가 없었다.

소명은 고민하기를 다 관두고서, 드높은 하늘만 한참이고 바라보았다.

밤이 차차 깊어가며, 구름 사이로 잠시 드러난 달빛도 서서히 가라앉고 있었다.

그때였다.

쾅! 쾅! 쾅!

갑작스럽게 큰 소리가 울렸다.

문을 두드려대는 소리인데, 어찌나 세차고 거칠었던지, 저택의 심처에 이를 정도였다. 소리는 참으로 뚜렷한 목적을 지니고서 울렸다.

이를테면, 시비라고 할 수 있었다.

쾅! 쾅! 꽈릉!

잠시 틈을 두고 다시 문을 두드렸다. 그 끝에 그만 굉음이 터져 나왔다. 어디서 낙뢰라도 떨어진 것인지. 큰 소리와 더불어서 땅이 다 들썩거렸다.

이지를 잃은 낙양 사람, 기천이 달려들어도 어찌 버티어냈던 저택의 정문이 그만 박살 나버렸다.

달빛이 기운 밤중으로, 한참 고요했던 저택이 당장 부산스럽게 웅성거렸다. 급한 발소리가 들렸고; 이곳저곳에서 다그치는 목소리가 터졌다.

소명은 문득 눈을 떴다. 그가 앉아 있는 정원에서는 따로 불을 밝히지 않아서 가까이는 어둑했고, 높은 담 너머로 불빛이 아른거렸다.

그는 문득 입매를 찌푸렸다.

저 소란이 어째 자신과 무관하지 않다는 생각이 들었다.

"흐음, 더 넋 놓고 있을 수만도 없지."

소명은 가부좌를 풀고 일어섰다.

꽈릉! 우르르릉!

땅이 들썩거리며, 뽀얀 흙먼지가 높이 솟구쳤다.

저택의 정문이, 아니 문루 자체가 아주 무너져 버렸다.

본가에 비할 바는 아니지만, 그래도 천룡세가의 저택이다. 낙양성에서도 손꼽히는 곳이었고, 그런 곳이 어디 정문을 허투루 만들었을까.

기둥은 굵었고, 좌우 문은 철목을 그대로 사용하였다. 강철을 덧대었고, 테두리를 삼아서, 그 자체로도 철벽이라고 할 수 있었다.

사두마차가 두어 대가 같이 들락거리고도 남을 정도로

규모 또한 상당했다.

왕부의 정문이라도 어디 이만할까 싶었다.

심지어 낙양괴사라는 참담한 일이 벌어지는 와중에도 저택의 정문은 멀쩡했다. 그런데 그 정문이 말 그대로 터져 나갔다.

기둥이 기울었고, 문짝은 바닥을 나뒹굴었다. 문루에 올린 검은 기와는 하늘 높이 솟구쳤다가, 한참 뒤에야 우박 떨어지듯이 후드득 떨어졌다.

솟구치는 누런 먼지는 뽀얗고, 떨어지는 검은 기와는 묵직하다.

그 아래로, 허리 굽은 그림자가 저택 안으로 들어섰다. 아직 정돈하지 못하여서 엉망인 앞마당을 둘러보는데, 눈길에는 심술이 그득했다.

"히야, 동작들 봐라. 예전 천룡이 아니구만. 이 정도 소란이면 미리 나와 있어야지. 끌끌끌."

그는 혀를 찼다. 입가에는 조소가 역력했다. 앞마당에 밝힌 불빛이 그를 비추었다.

앞으로 허리가 굽었고, 앙상한 모습을 한 노인이었다. 연배가 어느 정도인지 외모로는 망구는 진즉 넘겼을 듯했다. 때가 꼬질하여서 허름한 차림에 한쪽에 구멍이 크게 난 사방건을 비스듬히 눌러썼다.

노인은 묘하게 신경을 거스르게 하는 웃음을 입에 그리고는 넘어간 문짝을 밟고 섰다.

"누구냐!"

대갈일성이 터지고, 앞마당으로 일백에 가까운 그림자가 한순간 모습을 드러냈다.

흑권, 백검의 양당과 팔가의 영걸들이다. 전날의 일로 다들 지친 기색이었지만, 적어도 두 눈에 품은 정광은 조금도 흐림이 없었다.

노인은 고개를 삐딱하게 기울이고서, 줄지어 선 면면을 느긋하게 둘러보았다. 드러내는 위세가 제법이다 싶다. 그러나 노인의 눈에 찰 정도는 아니다.

노인은 키득거리다가, 곧 고개를 치켜들었다.

모습 하나, 하나에는 여유가 가득했다. 자신을 향하는 일백여 쌍의 눈길이 싸늘하건만, 조금도 신경 쓰지 않았다. 되레 고개를 돌려 자신을 노려보는 천룡 가인들 면면을 유심히 살폈다.

누구랄 것 없이 엄정한 기세를 지니고 있다.

구름 속에 있다는 구파에 비견하여도 부족함이 없는 수준.

그러나 노인 눈에는 딱히 차지 않았다. 저런 녀석들을 보겠다고 부지런히 먼 길을 온 것은 아니었다.

"거기, 네놈."

노인의 턱짓에 천룡 가인들의 고개가 돌아갔다.

누구를 가리키는 것인지. 폭력적인 등장으로 잔뜩 긴장한 와중이었지만, 절로 고개를 돌아갔다. 딱히 짚이는 바가 없어서 다들 어리둥절했다.

"아니, 말고. 뒤에 네놈 말이다. 어딜 돌아봐! 너, 뺀질거리게 생긴 너!"

노인은 빽 소리쳤다. 그제야 천룡 가인들은 노인이 턱짓으로 가리킨 이가 누구인지 알았다.

가장 끄트머리에서 혼자 방만한 모습으로 서 있는 사내.

위지백이다.

"얼레?"

위지백은 맹한 소리를 흘렸다. 그는 무광도를 어깨에 걸치고서 삐딱하게 서 있었다. 뭔 소란인가, 그냥 호기심에 고개를 내민 참이었다.

그는 누구를 가리키는 것인지, 뒤를 흘깃 돌아보았다가 그만 호통을 들었다.

"돌아보는 네놈 말이야!"

언성 높인 노인의 목소리에 짜증이 실렸다. 위지백은 콧등을 잔뜩 찌푸렸다.

"뭐요? 나 아쇼?"

"흘흘흘, 여기서 그래도 네놈 기세가 제일 낫구나. 네놈이 그 소문의 용문제자라는 놈이렷다."

"아닌데."

위지백은 심드렁하게 고개를 흔들었다. 그러자 노인의 주름 깊은 눈살이 슬그머니 올라갔다.

"뭐라고? 네놈이 아니야?"

"나 아니오. 내가 어딜 봐서 소림 제자로 보인단 말야."

"흐음."

노인은 새삼 고개를 뒤로 빼고서 위지백의 위아래를 훑었다. 그 사이, 천룡 가인들은 좌우로 물러나서 길을 열어주었다.

서장제일도이든, 용문제자이든.

이쪽이 관련할 바가 아니라는 것이 분명했기 때문이었다. 그런 와중에도, 노인에 대한 경계마저 거둔 것은 아니었다.

전날의 일도 있었으니.

노인이 어디 마도의 주구일지 모를 일이었다.

잔뜩 경계하는 눈빛이 쏟아지는데, 노인은 철면을 두른 것처럼 낯빛이 조금도 바뀌지 않았다. 그저 한층 찌푸리기만 하였을 뿐이다.

"네 녀석, 그래도 꽤 할 것 같은데."

"아무렴. 꽤 하시지, 이 몸이."

"오호, 그래."

노인은 히죽 웃었다. 빠진 이가 드러나고, 가늘게 뜬 눈초리가 음흉하다. 순간, 위지백은 신형을 비틀면서 앞뒤 없이 칼을 뽑았다.

왈칵!

소리는 나중이다. 도세가 먼저 일었다. 허공을 가르는 궤적을 쫓아서 짙은 연기가 뭉게뭉게 피었다. 무겁게 가라앉은 희뿌연 연기는 그 자체로 위력을 품은 도기의 정화, 이른바 도기성운(刀氣成雲)이다.

"으헉!"

물러났다고 해도, 가까이 있던 천룡 가인들은 그 서슬에 당황하지 않을 수가 없었다.

도운은 절묘하게 발치를 스쳤다.

휘도는 도운이 노인의 사방을 휘감았다. 그대로 짓누르는 기운은 그야말로 파천황(破天荒).

노인은 생각 못 한 일에 잠시 눈을 크게 떴다. 장난처럼 떨친 암경을 베어내는 것과 동시에 반격이라니. 그러나 도기성운의 경지가 놀랍기는 해도, 감당하지 못할 것은 아니다.

노인의 놀람은 도운 속에서 흉악스럽게 뻗어오는 도세를 다시 보게 될 줄 몰랐기 때문이었다.

"오냐, 오냐, 몽상순천도라니."

일어나는 도운 속에서, 노인은 도법의 내력을 파악했다. 그렇다면, 마냥 여유롭게 장난칠 상황이 아니다.

노인은 어깨에 걸친 망태기를 툭 떨구고는 히쭉 웃었다.

밀려오는 도운을 맞이해, 노인은 앙상한 손 하나를 불쑥 내밀었다. 허공을 마구 그러쥐는 듯한데, 그것만으로 구멍이 숭숭 뚫렸다.

"으익!"

엄밀한 도운이 일그러진다.

아무것도 아닌, 노인의 손짓에 의기성운의 경지가 구멍이 뻥뻥 뚫리는 것이다. 어떤 반발력도 일지 않았다.

"이런 젠장!"

험한 소리는 잠깐이다. 몽상순천도는 그렇게 간단한 도법이 아니다. 도운은 그저 도세를 통해 발현되는 현상 중 하나에 지나지 않는다.

위지백은 일어나는 도운 속에서 도신을 곧게 세웠다.

무광도는 차츰차츰 빛을 잃어갔다. 휘황한 도광이 흐려지는 한편, 도운은 더욱 짙어졌다. 어느 순간, 짙은 안개가 사방으로 퍼져갔다.

흐르는 안개 사이로, 도광이 어지럽게 반짝거렸다.

"요놈!"

노인은 눈을 치뜨고는 대번에 두 손을 떨쳤다. 앙상한 손목이 그대로 드러났지만, 두 손에는 일만 근의 거력이 용솟음쳤다.

맺힌 안개를 그대로 밀어내는 장력은 거대하기 이를 데가 없었다.

일순, 따다다당!

철판 위로 굵은 우박이 떨어지는 것처럼 따가운 소리가 요란하게 울렸다.

안개로 보이는 저 하나하나가 칼 그림자였던 것이다.

도검으로 막을 이루어내는 경지를 뛰어넘어서, 안개처럼 사방에 두른 것이다. 도무의 경지, 그것만도 놀랄 일인데, 도무를 밀어붙이는 장력이라니.

"우앗!"

"피, 피해!"

도무를 이루었던 날카로운 경력이 사방으로 흩어지는 통에, 물러나 있던 천룡 가인들은 졸지에 날벼락을 맞았다.

주변이야 어쨌든, 위지백은 잇새로 험한 소리를 짓씹었다.

"젠장!"

위지백은 요동치는 무광도를 틀어잡았다. 소명 말고 이렇게 무식한 한 수로 몽연신무도(蒙然晨霧刀)를 밀어붙이는 인사가 또 있을 줄은 몰랐다.

도무가 흐트러진 마당, 절초를 굳이 고집할 것 없다. 그는 빠르게 도세를 수습하고서 노인을 노려보았다.

노인은 묵직한 일장을 때려놓고는 훌쩍 물러났다.

도무의 반발력이 녹록하지 않아서, 노인은 문가까지 밀려나서는 댓돌에 발을 올렸다.

드넓었던 전정은 온통 엉망이었다. 태반이 방향을 잃고 흩어진 위지백의 도기 때문이었지만, 온전한 곳이 없었다.

땅거죽이 다 뒤집어지고, 기둥이며, 돌벽 할 것 없이 족히 수 치에 이르는 도흔이 남았다.

"호오, 호오."

물러난 노인은 실실 웃으면서도 연신 탄성을 흘렸다.

"몽도(蒙刀) 선생. 실로 뛰어난 후인을 두셨구만. 반백 년 만에 몽상순천도를 다시 보게 될 줄은 몰랐다."

"엑, 사부를 알아?"

위지백은 벅찬 숨을 겨우 삼켜내고서 고개를 치켜들었다.

얼굴은 창백했고, 비튼 입가에는 핏자국이 보였다. 위지백은 욱신거리는 허리 통증을 참고서 몸을 일으켰다. 가슴을 활짝 펴고서, 숨을 다잡았다.

목 아래에서 비릿한 피 냄새가 역하게 일렁였지만, 조금도 내색하지 않았다.

"우리 스승께서는 딱히 인간관계가 좋으신 분이 아니신데."

"끅끅끅, 그렇지. 그렇지. 못된 성질머리로는 가히 천하제일 소리를 들을 만하지. 끅끅."

노인은 반가워하면서 억눌린 듯한 웃음을 흘렸다. 그러나 웃음은 잠깐, 노인은 곧 가늘게 뜬 눈으로 위지백의 위아래를 새삼 훑었다.

"몽상순천을 다하고서, 역천도를 넘었구나. 이야, 이야, 네놈 정도면 도중제일이라는 소리는 들을 만하겠다."

"쩝."

몽상순천을 아는 것도 용할 지경인데, 역천도까지 안다니.

동문 없는 위지백이었다. 그런 내밀한 사정을 안다는 것은 눈앞의 허렁방탕한 노인네가 분명 스승과 큰 연이 있다는 것이다.

"몽도 선생과는 아주 남도 아니니. 흐흐, 여봐, 귀여운 후배. 네놈과는 이 정도로 해 두지. 자자, 그럼 용문제자라는 놈은 어디에 있나?"

"흠, 그러니까. 결국, 소명 놈에게 볼일이 있으셨던 게 로군."

"소명? 용문제자 이름이 소명이더냐?"

"니미, 왜 엄한 사람을 이 꼴로 만들어놓는 게요?"

위지백은 오만상을 쓰면서 칼을 거두었다. 도갑을 들어 가는 칼날 소리가 투정이라도 부리는 듯했다. 그는 헝클어 진 머리카락을 대충 쓸어넘기고는 홱 고개를 돌렸다.

"야! 들었으면 작작 좀 하고 기어 나와라, 쫌!"

"나오기도 전에 먼저 들이댄 게 누군데, 나한테 소리 야?"

심드렁한 대꾸가 뒤에서 들렸다. 도경광풍으로 난리가 난 자리를 밟고서 그림자가 나타났다.

"들이대기는 누가!"

"쯧, 최초의 암경 정도는 능히 흘릴 수 있지 않았더냐. 기다렸다는 듯 칼을 뽑아놓고는 무슨."

면박 주는 소리에, 위지백은 퍼뜩 입술을 짓씹었다. 그 는 팔짱을 끼고는 홱 고개를 돌렸다. 콧구멍으로 더운 숨 이 푹푹 튀어나왔다.

소명은 그리고 불빛 아래로 걸어 나왔다.

그 모습에 노인의 눈매가 슬쩍 올라갔다.

남루하다 싶은 장삼을 늘어뜨리고, 헝클어진 머리카락

이 눈 아래까지 가리고 있었다. 언뜻 드러난 담담한 안광은 부동심을 나타낸다.

'요것 봐라.'

소명은 노인을 잠시 바라보다가, 공손하게 두 손을 맞잡았다.

"말학이 노선배를 뵙습니다."

"나를 알아?"

"언질을 들었지요."

"흠, 그 거지 놈들인가. 제법 돈독한 모양이야?"

비아냥거리는 어조였다. 그래도 소명은 별반 마음 쓰는 기색이 아니다. 그는 되레 쓴웃음을 머금고서 말했다.

"만천옹께서는 그만 마음을 푸시지요."

"흠."

소명은 모은 두 손을 풀지 않고, 다시금 고개 숙이며 말했다.

노인은 뾰족한 턱을 치켜들었다.

만천옹.

내뱉은 한 마디에 아직 감정이 남아 있던 장내가 일순 가라앉았다.

천하의 오대고수.

그중에서도 특히 악명이 자자한 만천옹이라니. 느닷없

이 튀어나온 이름이 주는 여파는 생각 이상이었다. 다들 눈을 동그랗게 뜨고서, 입을 한 일 자로 굳게 다물었다.

만천옹을 좌우를 흘겨보고는 조용한 장내가 마음에 들지 않는지, 쯧 혀를 찼다.

"뭐, 좋다. 일단은 여기까지 하지. 네놈이 용문제자라는 놈이렷다."

"부족한 몸이나마."

"그래, 그래, 그런 겸손이야 아무래도 좋은 일이지. 잠시 중원을 떠나 있다가 돌아왔더니, 당대의 용문제자가 우리와 어깨를 나란히 할 정도라고 하더란 말이지. 그래서 내 좀 보러 왔다."

"그러십니까. 여기서 이러실 것이 아니라, 안으로 드시지요."

만천옹은 잠깐 묘한 표정으로 소명을 보았다. 툭툭 말을 던지면서도 은근한 기파로 사뭇 위협적으로 찔러대는데, 전혀 본 체, 만 체였다.

'요놈 봐라. 내외의 경지가 나름 단단하다, 이거로구만.'

노인의 심술궂은 눈초리가 한층 가늘어졌다.

"아이고, 젠장. 하마터면 벌집을 건드릴 뻔했잖아."

누군가 자기도 모르게 중얼거렸다.

벌도 보통 벌이 아니라, 아주 독한 말벌이다. 절로 소름이 일어서, 천룡의 가인들은 덩달아 고개를 끄덕였다.

아무리 천외천의 천룡세가라고 하지만, 오대고수라는 이름은 참으로 묵직하고, 또 묵직했다.

괜한 일로 척 지을 만한 상대가 아닐뿐더러, 천룡세가라는 이름에 아랑곳할 인사는 아무도 없었다. 더욱이 없는 사건도 일으킨다는 만천옹이라면 더 말할 것도 없다.

다들 안도하면서 만천옹이 사라진 방향만 한참이고 바라보았다.

과연 용문제자가 저 노괴를 어찌 상대하려는지.

                    *   *   *

저택의 소란이 크게 가라앉았다.

아무리 천룡세가라고 하나, 만천옹의 막무가내를 계속 탓할 수는 없었다.

어차피 그가 찾아온 것은 용문제자였다. 딱히 저택의 주인이라고 뭐라 할 수도 없었다.

용정당, 그곳에서 만천옹은 일단 소명과 마주했다.

만천옹은 앙상한 손으로 온기 머금은 찻잔을 감싸 쥐었

다.

"쯧, 주려거든 곡차나 내어올 것이지."

"저도 객인 입장이라."

소명은 대충 얼버무렸다. 만천옹의 허연 눈썹이 슬쩍 올라갔다. 그는 곧 묘한 소리를 내면서 소명의 위아래를 훑었다.

살피는 눈매가 영 고약하다.

그래도 소명은 전혀 내색하지 않았다. 한 자리 뒤에 물러나 있는 아함은 눈을 하얗게 뜨고서 노인을 노려보았다. 소명만 아니었다면 당장 불에 그슬려 버릴 기색이었다.

무릎 위에 올려놓은 두 손이 연신 꼼지락거렸다.

"커흠!"

만천옹은 곧 눈썹을 찌푸리며 괜히 헛기침을 흘렸다.

"이번 용문제자는 소림에서도 크게 인정한 놈이라지. 어떤 놈이기에 우리 다섯 늙은이와 비견될 정도라고 하는지, 고것이 하도 궁금해서 말이다."

"제가 어찌 감히."

소명은 촌각의 여유도 없이 고개를 가로저었다.

바로 물러섰다. 그러나 괜한 사양이 아니다.

아무리 서천에서 날고 기었다고 하지만, 천하오대고수라고 하는 다섯은 정말 하늘 밖의 존재.

불과 수년 전, 산서에서 마주했던 월부대도의 무지막지함을 아직도 기억했다.

하늘에 닿은 '무(武)'.

그것은 감히 범접할 것도 아니고, 감히 견주어 볼 것도 아니다. 하기야 천하오대고수에 비견될 사람이 서녘 땅이라고 없겠는가.

소명은 쓴웃음을 잠시 그렸다.

그러나 월부대도의 강함은 분명 하늘 밖에 있었다. 그가 이를 갈아대던 검백은 또 어떠할지.

소명은 소림사에서 겨울을 나면서, 스스로 무공을 재정비하였고, 그를 바탕으로 더 나아갈 길을 보았다고 하지만, 아직도 부족하다.

눈앞에서 가는 눈초리로 흘겨보는 만천옹도 괴팍한 외견이야 어떻든, 대단한 기력을 품고 있었다.

전력은 아니라지만, 위지백이 작정하고 펼친 몽상순천도를 단 일장으로 파훼하였다.

대천장(對天掌)이라는 이름은 명불허전이다.

소명은 공손했다.

만천옹은 볼품없는 수염 끝을 연신 배배 꼬았다. 참으로 노골적인 눈길로 소명을 탐색했다. 그런데 손가락 끝이 미미하게 흔들렸다.

요기, 요놈 봐라.

딱 그런 눈초리였다.

처음 소림사의 용문제자라고 하였을 적에, 만천옹은 딱 깎아 만든 옥나한을 생각했다. 그런데 마주하고 보니, 나한은 무슨, 수라가 저리 가라 할 정도가 아닌가.

고요한 모습과는 또 달랐다.

저 어깨 뒤에 드리우는 것은 불문의 보광이냐, 수라의 찬풍살기이더냐.

고개 숙인 소명을 보는 노인의 눈초리는 영 곱지 못하다.

'여간한 놈이 아닌데. 요놈을 어찌 꾀어낸다?'

소림사라는 사문내력에 주저할 만천옹은 아니었지만, 나름 조심스럽기는 하였다. 이를테면 체신의 문제이니.

"크흠, 뭐 좋다. 네놈 이름이 오대고수 반열에 오르내리니, 내 호기심이 동하여서 말이다."

호기심은 무슨, 그 괴팍함은 천하가 아는 판국이다. 같은 반열에 오르내리면 기어코 찾아가서 짓밟아대는 것으로 강호에 유명하지 않았던가.

노인은 새초롬하니 눈빛이 날카롭다.

그러나 소명은 큰 흔들림 없이 눈빛을 받아냈다. 그는 다시금 고개를 숙였다.

"세인의 말입니다. 어린 후배가 어찌 감히 지고한 경지의 선배와 어깨를 나란히 할 수 있겠습니까."

"오호, 그러니까. 그런 주제가 아니다."

만천옹은 슬쩍 고개를 돌렸다. 흘겨보는 눈초리에는 감정이 역력하였다. 소명은 거듭 고개를 숙였다.

"제 부족함은 익히 알고 있으니."

"아아, 길게 말할 것 없다. 어차피 여기까지 걸음한 마당인데."

"그래도, 진정하시지요."

만천옹이 손을 내저어 말을 끊으려 하지만, 소명은 그래도 고개를 들지 않았다. 정중히 마다하는 모습이다. 노인은 고개를 뒤로 빼고서 진지한 소명의 위아래를 보았다.

"홀홀, 좋아. 좋아. 아무래도 내가 막무가내로 솜씨를 보겠다고 달려들 처지는 아닌 모양이군."

만천옹을 조금이라도 아는 사람이라면 지금 하는 말에 기겁할 터였다. 저 노괴가 순순히 뒤로 물러나다니. 무슨 꿍꿍이를 품지 않고서는 저럴 리가 없기 때문이다.

천하오대고수 중에서 누구나 첫째로 손꼽는 검백이 아니고서는 누구도 감당하지 못했다는 만천옹이다.

물러섬이 더욱 두려운 존재이려나, 소명이 그런 것까지야 알 바가 있을까. 그저 얌전히 고개 숙일 뿐이다.

만천옹은 묘한 웃음을 흘리면서 내어온 찻잔을 들었다.

그러면서 눈빛이 번뜩였다.

'이런……'

소명은 가볍게 혀를 찼다. 말로는 막무가내로 달려들지 않겠다고 했지만, 만천옹의 심술은 이미 시작됐다.

그리 있을 새, 용정당 밖에서는 위지백과 담 가주, 그리고 일행이 한데 모여 있었다.

"저거 아무래도 심상치가 않지요?"

위지백이 한껏 찌푸린 얼굴로 넌지시 물었다. 담일산은 입술을 굳게 다물고서 좌우를 흘깃 보더니, 선선히 고개를 끄덕였다.

만천옹의 괴팍함에 대해서라면 적어도 이 자리에서 제일 잘 아는 사람일 것이다.

지금에야 나이 들어 만천옹이라고 좋게 부르지만.

불과 십수 년 전만 하여도 그의 행보를 두고서, 유인재 앙(有人災殃)이라고 했다. 사람이 있는 곳에 재앙이 내린 다니. 말 그대로 가만히 있어도 천재지변에 버금갈 정도로 사고를 쳐대니 하는 소리였다.

보다 못하여서, 같은 오대고수의 반열에 있는 두 사람이 찾아가 박 터지게 싸우고서야 정도껏 하겠다는 약속을 받아냈다는 소문도 있을 정도였다.

소문의 진위야 어떻든.

만천옹이 이곳 천룡세가의 안가에 나타났다는 것만도 크게 신경 써야 할 일이었다.

"하이고, 언제까지 이리 있어야 하는지도 모르는데. 자꾸 일이 꼬이는 느낌입니다."

내내 조용하던 장관풍이 슬쩍 속을 드러내면서 한탄하듯 중얼거렸다.

그야 속없이 꺼낸 말이었지만, 그 말에 담일산은 흠칫하며 영 어색한 얼굴을 했다. 위지백이야 그저 실실 웃을 뿐이었다.

"죄송하게 되었군요."

문가에서 씁쓸한 목소리가 들렸다.

장관풍은 화들짝 놀라며 고개를 돌렸다. 그 자리에는 소천룡 회가 있었다. 그는 고졸한 미소를 머금고서, 슬쩍 고개를 숙였다.

"소천룡……."

"본가의 어르신 일로, 이리 붙잡고 있는 모양새이니. 어지 면목이 있겠습니까만…… 아무래도 소명 공의 도움이 간절한지라."

"뭐, 소명 놈이 있겠다고 하는 마당이니. 굳이 불만은 없소. 되레 우리 때문에 수고로운 것은 당신네 아니겠소. 보아하니 벌써 못해도 백금은 날린 것 같은 데 말이오."

위지백은 민망함에 굳어버린 장관풍을 대신해서 대꾸했다. 딱히 신경 쓸 것 없다는 투였다. 그러면서도 은연중에 백금을 운운하니.

"백금이 아니라, 만금이라고 아깝겠습니까."

참으로 통 큰 말씀이라. 위지백은 눈을 가늘게 떴다. 그 눈치가 사뭇 짓궂은데, 회는 말을 덧붙였다.

"물론 그렇다고, 본가의 재정이 한도 끝도 없는 것은 아닙니다."

물 흐르듯이 고요한 태도여서, 위지백의 번뜩임 때문에 덧붙인 말은 아닌 듯하지만, 위지백은 나직이 혀를 찼다.

'쯧…….'

안타깝다는 뜻이 분명했다.

소천룡 회는 가만히 미소만 머금었다.

만천옹과 소명이 손을 마주하는 일은 없었다.

한참 말없이 앉아서는 차만 마셨다. 소명은 두 손을 아래로 내린 채, 조용히 있었다. 그리고 만천옹은 잔을 싹 비우고는 자리에서 벌떡 일어났다. 노인은 껄껄껄, 시원하게 웃고는 그대로 몸을 날렸다.

소명은 떠나는 그의 모습을 물끄러미 지켜볼 뿐이었다.

"후우, 과연 오대고수."

그는 끝에 지친 한숨을 흘렸다. 그가 무례하여서 떠나는 강호의 대선배를 지켜만 본 것이 아니었다. 자리에서 일어날 수가 없었기 때문이었다.

소리도, 형체도 없이, 끈덕지게 파고드는 기운이라니. 더구나 위력은 암중에 뻗어낸 것이라고 볼 수 없을 정도로 막중했다.

손바닥으로 하늘을 뒤덮는다는 만천이라는 말이 허명이 아니다.

차 한 잔을 마시는 와중에 대체 몇 수의 교환이 있었던가.

수미금강권에 이르는 작은 심득(心得)이 없었다면, 큰 낭패를 당했을 터였다. 이것도 천운이라 할지.

헛웃음이 절로 흘렀다. 그는 입꼬리에 힘을 주고는 고개를 흔들었다. 그리고 소명은 무릎 위에 올린 손을 들어 올렸다. 식은땀이 흥건했다.

평범한 손이 아니다. 십성의 완성경을 돌파하여서, 십이성의 경지까지 이른 곤음수였다.

공력이 없어도, 능히 금강을 이룬 불괴의 손이다. 그런 손이 식은땀으로 잔뜩 젖을 정도였고, 손이 미미하게 떨렸다. 제대로 기운을 뻗기 전에 나섰기에 망정이다.

조용히 손을 쓴 것이 이 정도라면, 만천옹의 진재실학이라는 과강룡(過降龍)의 장력은 또 어떠할지.

"하늘 위에 또 하늘이 있음이지."

입가에 쓴웃음이 짙었다. 그러나 한편으로는 홀가분하기도 하였다.

소명은 비록 늦었더라도, 자리에서 일어나, 만천옹이 모습을 감춘 방향을 향해서 공손히 허리를 숙였다.

만천옹은 한달음에 낙양의 성벽을 넘었다. 그는 은근한 야산에서 잠시 걸음을 멈췄다.

그 자리에 흐린 달빛이 교교하게 비추어내리니.

한편으로는 을씨년스럽고, 한편으로는 고즈넉하여라.

만천옹은 특유의 냉랭한 얼굴로 바윗돌에 털썩 주저앉았다.

"망할 놈."

욕지거리를 한마디 거하게 짓씹었다. 그러고는 땅이 꺼질 듯이 길고 긴 숨을 토해냈다. 야윈 노구가 바르르 요동쳤다. 어깨 위로 아지랑이 같은 기운이 거세게 일어, 밤하늘 위로 흩어졌다.

맺힌 탁기(濁氣)를 일거에 밀어낸 것이다.

만천옹은 잔뜩 오만상을 썼다.

"무형강기(無形罡氣)를 그렇게 막아낼 줄이야."

중원을 떠나서 수년을 궁구한 끝에 창안한 절기가 그렇게 막히다니. 무형강기는 요란한 과강룡의 단점을 보완하였을 뿐만 아니라, 위력은 그에 못지않다고 자신한 절기였다.

장법의 경지를 보통 장경(掌勁), 장강(掌剛), 장풍(掌風)으로 구분한다.

경력을 발하여서 위력을 내는 장경, 경력에서 그치지 않고 유형화된 기운을 발하는 장강, 그리고 장강으로 허공을 격하는 장풍.

헌데, 무형강기는 그 모든 경지를 훌쩍 뛰어넘은 새로운 장법이라고 자신하는 바였다.

무형무음의 장력이라는 것은 과거에도 있었지만, 음유한 성질을 바탕으로 한 암경의 일종에 지나지 않았다. 그것으로 장강처럼 굳센 힘을 발하거나, 장풍처럼 먼 거리를 격하는 것은 불가능에 가까웠다.

그러나 만천옹은 해내었다.

남해에서 바위섬 몇을 아주 산산조각을 낸 끝에 이루어낸 것이다.

그러한 무형강기가 제대로 파고들지 못했다.

강기의 기세가 제대로 일어나기도 전에 무엇인지 모를 수법으로 제지당했다. 곰곰이 생각할수록 성질이 불같이 솟는다.

적당히 오성 정도의 공력으로 시작한 것이 자그마치 십성까지 공력을 발휘했다. 더 했다가는 아주 난리가 났을 터인지라, 마지못해 손을 거두었지만, 속이 영 편치가 않다.

장강 어쩌고가 절로 머리를 스친다.

그것도 잠시.

만천옹은 자리를 털고 일어났다.

"에라잇!"

주저앉아서 궁상떠는 것은 그의 성미에 맞지 않는 일이다.

용문제자와 나눈 몇 마디 말도 있어서, 그는 다시금 자리를 박찼다.

여하간, 하나는 분명했다.

천하의 고수라 하는 오대고수, 이제 한 자리가 더 늘어났다. 그리고 만천옹은 참으로 마음이 좁은 사람이다.

"요놈, 이름이라는 것이 얼마나 무서운 것인지 내 똑똑히 알려 주마. 흐히, 흐히히히!"

경망스럽기 그지없는 웃음이 길게 꼬리를 남기면서 울려 퍼졌다.

　　흡사 늙은 요괴가 장난이라도 치는 것처럼 기괴하기 이를 데가 없는 흉한 웃음이었다.

　　노고수의 감정 실린 흉소는 참 멀리도 퍼져나가는 통에 가까이 어느 마을에서 흉한 일의 예고라 여겨, 아닌 밤중에 치성을 드린다고 소동이 일기도 했다.

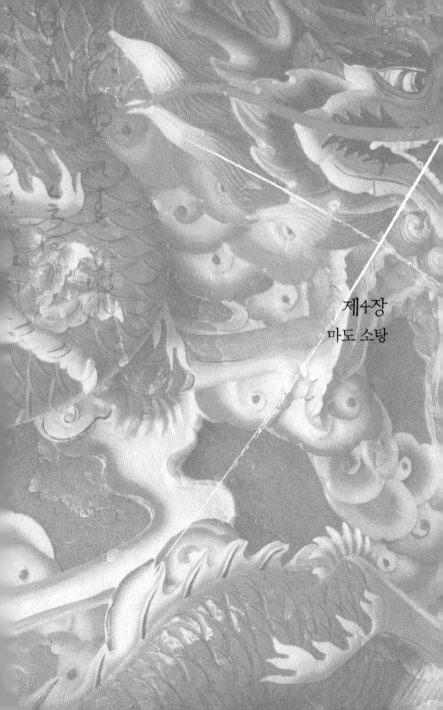

제4장
마도 소탕

낙조가 저기서 멀었다. 차츰 기울어가는 햇빛으로 서쪽
하늘은 타들어 가는 듯했다.

그 낙조를 향해서, 일군의 무리가 다급하게 움직였다.

수백의 인원, 그들은 무언가 쫓기듯, 하나같이 산발하였
고, 피투성이 꼴이었다.

두 다리로 달리는 그들 뒤로 핏물이 흡사 내를 이루기라
도 할 것처럼 후드득 떨어졌다.

자신의 피이기도 하고, 타인의 피이기도 했다. 그렇다고
몸을 돌볼 겨를은 조금도 없었다.

땅을 박차는 순간, 일제히 수장을 가로질렀다.

다리가 불편하여서 절뚝거리는 이라도, 상당한 신법을 발휘했다.

그들은 먼지가 뿌옇게 이는 바위산을 빙글 돌았다. 입을 꾹 다물고, 간간이 급한 숨을 토해낼 뿐이었다.

헉, 헉……

그들 면면이나, 복색을 살피면 실로 놀라운 자들뿐이다.

비록 엉망일지라도, 누구는 금의위(錦衣衛), 또 누구는 동창(東倉)의, 심지어 황족의 가장 가까운 곳에서 보필한 다는 어림친위군(御臨親衛軍)의 복색을 갖춘 자도 있었다.

그런 자들이 무려 수백이었다.

그러나 그들 신분 따위는 아무런 쓸모도 없었다. 패잔 병이나 다름없이, 도주하는 모습이다. 어떠한 계통도 없었 다. 그러나 이들을 이끄는 자는 있었다.

그는 환관의 모습으로, 동창의 검은 장포(長袍)를 길게 펄럭였다. 머리의 관은 어디에 떨구었는지, 반백의 머리카 락이 산발한 채, 흐트러졌다.

황궁의 숨은 실세 중 하나라고 하는 조 공공은 늙은 이 를 힘주어 틀어 물었다.

'어디서부터, 어디서부터 잘못된 것이냐. 이럴 수는, 이 리될 수는…….'

오 년, 십 년의 세월이 아니었다.

무려 이십여 년이라는 시간을 두고서 공을 들였다.

철두철미하게 자신을 감추면서, 갖추었던 그의 세력은 실로 황궁을 뒤덮을 정도였다.

어디 그뿐이랴, 하북 일대에 사교의 무리를 만들어서, 그의 말 한마디면 당장 일성을 뒤흔들 정도로 교세를 키우기까지 하였다.

민관, 그리고 강호의 구분 없이, 고르게 손을 뻗었다.

이제 날만 기다리면 되는 일이었건만, 대계가 와르르 무너지고 말았다.

조금의 기반도 남기지 못하고서, 이리 도망하는 신세라니.

"이 무슨 참담한!"

조 공공은 참다못해 험한 소리를 내뱉었다.

어떤 전조도 없이 한순간에 일이 벌어졌다. 대체 어디서, 어떻게 준비를 하였던 것인지.

의례적으로 모이는 회합을 기다렸다는 듯이 덮쳤다. 사교의 교세를 적당히 조절하기 위하여서 직접 나서지 않을 수 없는 자리였다.

처음에는 하북의 무림인들이었다.

상대하지 못할 정도는 아니었다. 그저 귀찮을 뿐이었다.

번잡함을 피하고자 물러나는 순간, 그때를 노려서 황궁의 모든 수족이 잘려나갔다.

어느 순간, 사교의 거점은 와르르 무너졌고, 황궁으로 드는 모든 길목은 막혀 버렸다. 그의 사람이었던 자들은 모조리 목이 베여서 성벽에 내걸려 있었다.

역모의 죄.

그렇다고 개죽음을 당할 수도 없어라.

비참한 꼴로 도주하는 와중에 속이 끓고, 또 끓었다.

암중으로 도모한 바는 글렀지만, 그렇다고 대업의 초석이 되는 것까지 마다할 일은 아니다. 이렇게 물러나지만, 결코 끝이 아니다.

그리 작심하였지만, 상황은 녹록지 않았다.

"이, 이런 젠장!"

"이게 대체 어찌 된 일이야!"

선두가 주춤하더니, 누군가의 입에서 당혹감이 역력한 고성이 터졌다.

도주가 멈췄다.

낮은 바위산을 돌아서 빠져나오는 순간, 수백, 수천에 이르는 창칼이 똑바로 서서, 그들을 맞이했다.

"어, 어찌 여기까지?"

답할 사람도 없는 물음이 힘없이 맴돌았다.

주춤 물러섰다. 어깨를 맞닿고서 빠르게 주변을 살폈다.

눈앞이 전부가 아니었다.

삽시간에 사방으로 군세가 나타났다.

마주한 그들은 다 셀 수조차 없었다. 아니, 단순히 머릿수가 중요한 것이 아니었다.

무리를 에워싼 일군은 지금까지 마주하였던 어중이떠중이의 잡병이 아니었다.

가히 정병이라 하기에 부족함이 없는 자들로, 무장은 물론이거니와 노려보는 눈초리에는 살기가 그득했다.

군세에서 비롯한 막강한 군기(軍氣)가 그들을 짓눌렀다.

"제, 젠장!"

더는 피할 곳도, 숨을 곳도 없다.

그들은 일그러진 붉은 눈으로 물샐 틈도 없이 에워싼 군세를 둘러보았다.

마주한 저들은 미처 파악할 수 없었지만, 여기를 에워싼 병력은 물경 삼천에 이르렀다.

말이 쉬워서 삼천이다.

누구 하나, 빠지지 않는 정병으로, 그들의 머리 위에서 펄럭거리는 것은 여의주를 물고 있는 황룡이다.

천하의 어디가 있어서, 감히 황룡기를 멋대로 세울 수가 있을까.

하늘 아래에 오직 한 곳뿐이다.

황궁, 그리고 황제이다.

북직례, 특히 황도를 아우르는 황궁의 금군 정병이 여기서 기창을 세웠다.

앞세운 창칼의 번뜩임만으로도 찬란하여서 눈이 멀어 버릴 듯했다. 뒤에서는 일천의 궁수대가 진즉 시위를 걸고서, 오직 한 점을 향해 겨누었다.

명이 떨어지면, 화살로 이루어진 소나기가 떨어질 것이다.

어찌 무사하다고 하여도, 삼천의 창칼을 감히 감당할 수 있겠는가. 고작 수백이.

사람이라면 당연히 불가하다.

그러나 사람이 아닌 존재라면, 마냥 장담할 수는 없는 노릇이었다.

조 공공은 잿빛의 긴 눈썹을 한껏 일그러뜨렸다. 주룩 흘러내린 피 한 방울을 손끝으로 떨구었다. 길게 자란 손톱 끝이 날카롭다.

"아주 단단히도 준비하였구나. 망할 것들."

"마군(魔君)……."

"어차피 이리된 것. 무엇을 더 아끼겠느냐."

조 공공은 눈을 붉게 물들인 채, 험악하게 속삭였다. 다들 어두운 얼굴로 고개를 끄덕였다.

군장의 말대로, 주저할 것이 없었다. 그들 전부 이를 드러내며, 사방의 군세를 노려보았다. 퍼뜩 몸을 부르르 떨었다. 그러면서 격렬한 괴성을 터뜨렸다.

"크으으으!"

"크아아아!"

전신에 혈무가 맹렬히 솟구쳤다.

열기가 끓어, 뒤집어쓰거나 흘린 피가 일순 증발해버린 것이다.

피가 고여 붉은 눈이 일순 뒤집어지면서, 온통 검은 빛으로 돌변했다.

이들은 마인, 천산 성마를 추종하는 마도의 종자들이다. 본색을 감추고서 황궁에 깊이 몸담고 있었다. 그러한 자들의 정체가 일거에 탄로 나고 말았다.

황궁의 마인들을 이끄는 조 공공은 일이 어쩌다 이 지경이 되었는지, 그 연유를 짐작할 수가 없었다.

"흐으으으……."

노인의 입에서도 긴 한숨이 흘렀다. 그 또한 이미 눈가에 온통 검붉은 빛이 넘쳐흘렀다.

흑마군(黑魔君), 성마를 친견할 수 있는 다섯 성사 중의 한 사람.

그것이 조 공공의 본래 신분이었다.

노인은 그러나 성마교의 지고한 신분을 포기하고서, 스스로 황궁에 몸담았다. 그만큼 중차대한 과업이었기 때문이었다.

헌데, 그 모든 준비가 그만 하루아침에 발각되었고, 이 꼴이 되고 말았다.

어디서부터 잘못되었고, 어디서 꼬리가 잡힌 것인가.

으득, 노인은 입술을 거칠게 짓씹었다. 수염 한 올 없는 얼굴을 쥐어뜯었다.

이제 조 공공의 모습을 할 것도 없었다.

허옇게 분칠한 얼굴이 가차 없이 찢겨나가고, 고랑이 깊은 검은 노인의 얼굴이 드러났다. 투박한 노인의 얼굴에는 숨길 수 없는 분노가 짙게 어려 있었다.

"도대체 어떤 놈이냐아아!"

흑마군은 축 늘어진 면구를 손에 들고서 버럭 노성을 터뜨렸다.

후위의 궁수대 앞에는 군을 이끄는 장수가 말 위에 올라서, 이루어낸 포위망을 물끄러미 보았다.

황룡기가 그의 위에서 세차게 펄럭였다.

"과연, 소명이 거듭 당부한 이유가 있었구나."

마갑까지 단단히 장비한 백마 위에서 젊은 장수가 나직이 중얼거렸다.

금장 갑주를 걸치고, 등 뒤로는 붉은 전포를 드리웠다.

누가 보더라도, 그의 갑주는 실전을 위한 것이 아닌, 의전용 갑주에 불과했다. 그러나 그것을 가볍게 여길 사람은 아무도 없었다.

바로 황자가 직접 나섰기 때문이었다. 그것도 황제에게 황룡기를 받은 황자였다.

그는 가늘게 뜬 눈으로 모여선 마인이 제대로 본색을 드러내는 모습을 묵묵히 지켜보았다.

거리가 못해도 수백 장에 이르렀지만, 마인들이 일으키는 검은 기운은 여기까지 영향을 미쳤다.

네 장수가 급히 그에게 다가와 부복했다.

"십삼황자 저하!"

황실의 새로운 실세로 떠오른 십삼황자, 주이청이다. 그는 황제를 설득하여서 황궁의 안팎에서 흐르는 불온한 움직임을 일거에 휘어잡았다.

그리고 마지막의 결전을 앞에 둔 참이었다.

황제를 뜻하는 황룡기를 세웠다는 것만으로도, 당금 황실에서 그의 위치를 알 만했다.

실전으로 퇴색한 갑주를 걸친 중년의 장수는 그의 앞에 무릎을 꿇고 두 손을 맞잡았다.

"저하, 명령을 내려주옵소서!"

"총병."

"예, 저하."

주이청은 금군 총병의 외침에, 새삼 허리를 세웠다.

고삐를 쥔 손에 힘이 들어갔다. 그의 어깨 위로 위엄이 절로 일었다.

세상에는 단지 백면서생으로 알려진 십삼황자였다. 그런데 지금 보이는 위세는 백전연마의 노장과 비교할 만했다. 천생의 위엄이라고 해야 할지.

무릎 꿇은 금군 총병과, 세 천호장의 어깨가 흠칫하고 들썩였다.

'여러 황자 중에서도 제일 존재감이 없었건만. 그저 자신을 숨기고 있었던 것인가?'

여기 능력이 부족한 사람은 단 한 사람도 없었다. 가히 정예 중의 정예라고 할 병사들이었고, 그들을 이끄는 장수 된 몸이었다.

그렇지만, 절로 움츠러들 수밖에 없었다.

주이청의 눈길은 명을 기다리는 넷을 지나서, 전열을 이룬 금군의 화려한 기창에 닿았고, 곧 그 너머에서 검은 기운을 같이 일으키는 수백 마인에게 이르렀다.

수백이라고 하지만, 고작 삼백에서 사백 남짓이었다.

지금 늘어선 삼천의 금군에 비하면 그야말로 한 줌에 지나지 않을 것이다.

전력이랄 수나 있을까.

그러나 주이청은 조금도 마음을 놓지 않았다. 금군에 앞서서, 토병과 관병의 희생이 얼마인가. 하북 무림의 무부들은 또 몇이나 당하였던가.

몸 성한 자가 단 한 사람도 없을 정도였다. 이곳까지 몰아오는 것만으로 이만한 피해였다.

마도에 몸담은 자들은 다르다고 하더니. 주이청은 소림의 용문제자, 소명의 거듭된 당부를 가만히 돌이켰다.

성마의 위업 앞에 초개처럼 목숨을 내던지며, 따라서 타인의 생명 또한 하찮게 여기는 자들.

상대할 때에, 조금의 주저함도 없어야 할 것이다.

그 말대로였다.

주이청은 눈을 다시 떴다. 한껏 마기를 일으키는 자들을 보는 눈초리는 더없이 차가웠다.

"천하의 해악이다. 남김없이…… 추살하라."

서늘한 어조는 낮았지만, 자리한 모두의 귓가에 깊이 파고들었다.

부복한 장수뿐만이 아니었다. 궁수대는 물론이고, 너머의 수많은 장병들 또한 황자의 한마디를 똑똑히 들었다.

"봉명(奉命)!"

금군 총령 이하, 세 천호장은 깊이 고개를 숙였다. 그들은 힘을 다하여서 외쳤다.

황자의 위엄을 고스란히 받아들였다.

그들은 지체 없이 물러나서는 흩어졌다. 각자 지휘하는 바가 있었다.

"역도들을 섬멸하라!"

"저하의 명이다. 한 놈도 살려두지 마라!"

"으아아아!"

"크아아아!"

삼천 정병이 일제히 내지르는 고함이 땅을 뒤흔들었다. 살기와 전의가 무섭게 들끓었다.

잔뜩 당겨진 일천의 시위를 한 호흡에 놓았다. 재었던 강전(鋼箭)이 빠르게 솟구쳤다. 그리고 이내 폭우가 되어서 삼백 마인을 덮쳤다.

"캬아아아!"

"크하아아아!"

마인들은 일제히 울부짖었다. 어깨 위로 발하였던 마기

가 한층 짙어졌다. 그들의 울부짖음은 짐승의 그것처럼 처절했다.

파파팍! 파파파팍!

마기가 드리운 짙은 운무를 뚫고서, 강전은 사정없이 쏟아졌다.

일제히 마공을 일으키면서, 마인들의 전신은 검게 물들었다. 동두철신(同頭鐵身)에 가까운 신체로 화한 것이다. 처음의 강전은 검은 피부를 파고들지도 못하고 튕겨 나갔다.

그러나 거듭거듭 쏟아지는 강전 앞에서는 도리가 없었다.

몇 발인가 튕겨내고, 막아내도 연이어 쏟아지는 강철의 화살에는 꿰뚫리고 말았다.

퍽! 퍼퍼퍽!

끄윽!

꺼윽!

단박에 죽임을 당한 자는 차라리 다행이겠다. 잘못 파고든 자는 그대로 바닥에 짓눌려서 버둥거렸다.

금군도 바보가 아니다.

아무리 정병이었고, 열 배에 달하는 군사라고 하였지만, 그것만으로 마인을 상대할 생각은 조금도 없었다.

지금은 그야말로 마도의 종자를 일소하는 소탕작전이다.

막대한 물량으로 단번에 끝장을 내고자 하는 것이다.

쏟아지는 강전의 빗줄기가 차차 잦아들었다. 지닌 것을 모두 소진하였는가.

전면을 가렸던, 마운이 차츰 흐려졌고, 남은 마인들이 참담한 몰골일망정, 여전히 살기 넘치는 눈으로 자리를 지켰다. 그들 대부분은 못해도 대여섯이나 되는 강전을 몸에 박아 넣고서도 두 발로 버티고 있었다.

"어디 더 해 봐라! 이 황실의 개떼들아!"

악을 쓰면서 검고 탁한 기운을 있는 대로 발했다. 이제 하나라도 더 쳐 죽이리라.

그러나 금군은 움직이지 않았다. 총병의 손이 다시 움직였다. 먼 곳을 향해서였다. 총병의 붉은 기가 어딘가를 향해서 펄럭였다.

그리고.

퍼퍼퍼펑!

벼락 치듯 막강한 소리가 터졌다.

"이, 이 망할 놈들!"

피 흘리는 흑마군은 그 소리를 먼저 깨달았다. 어찌 모를까. 동창의 막후 행세를 하면서, 쌓은 무수한 정보 속에 있는 내용이었다.

설마 그것을 끄집어낼 줄이야.

그는 시커멓게 물든 얼굴로 바짝 고개를 치켜들었다.

강전의 검은 비가 끝나자, 이제 검은 불덩이가 이곳을 향해서 떨어졌다.

꽈앙! 꽈아아앙!

신기영의 화기가 불벼락을 쏘아 올린 것이었다.

강전을 어찌 버티어냈지만, 수십 문의 화포가 일제히 쏘아댄 포탄까지는 별도리가 없었다. 땅이 크게 들썩이고, 그들의 좌우로 있던 돌산이 산산이 부서져 나갔다.

무차별적으로 떨어진 포탄으로 돌먼지가 뿌옇게 일면서 높이 솟구쳤다. 폭발 소리가 마구 맴돌았다.

윙윙거리는 가운데, 시커먼 그림자가 꿈틀거렸다.

차츰차츰 먼지가 흩어지며 마인들의 모습이 드러났다. 이곳저곳 움푹움푹 내려앉았고, 그곳 주변으로는 까맣게 탄 시신의 흔적이 널려 있었다.

가운데에는 여러 시신이 쌓여 있었다. 이대로 끝인가 싶은 순간, 시신이 와르르 무너졌다.

"크아악! 커으윽!"

"아아으!"

고통에 찬 신음이 뒤채었다.

흑마군을 비롯한 몇이었다. 그들은 주변 시신을 빠르게 끌어 모아서, 화기의 폭발을 어찌 감당해 낸 것이다. 그러나 온전할 수는 없었다.

흑마군은 검은 핏물을 왈칵 토해냈다.

시신을 이용했을 뿐만 아니라, 전력으로 일으킨 흑혈마공으로 몸을 보호했지만, 오장육부가 뒤흔들렸다. 그래도 사지가 멀쩡한 편이라는 것이 다행이랄까.

그는 후들거리는 무릎을 부여잡고서 고개를 들었다.

눈앞은 휑하였고, 귀는 먹먹했다. 흐느적거리는 고개를 겨우 세워서 건너를 보자 이제야 군세가 움직이기 시작했다.

"캬하, 캬하하하……."

흑마군은 웃었다.

죽은피를 토하면서도, 그는 어깨를 들썩거렸다. 그래도 삼백을 헤아렸던 경지에 이른 마인이 채 백도 남지 않는다.

여기 모인 자들은 강호의 구분으로 말하자면 능히 절정 이상에 이른 자들이었다.

한 사람이, 구파의 절정고수 열이라도 능히 상대해 낸다. 그만한 무위로 삼백이라면 황궁은 물론이거니와 삼천의 금군이라 할지라도 어찌 상대할 수 있다.

그러나 경지에 이른 마인이라도, 강전에 이은 화포의 불벼락은 어찌할 도리가 없었다.

흑마군을 비롯하여서, 수십이라도 남아난 것이 대단한 일이다.

그는 으드득 손가락을 움직였다. 깊이도 파묻힌 두 발을 빼내면서 억지로 허리를 세웠다. 사지 육신에서 뼈마디가 요란한 소리를 내었다.

"참 단단히도 준비하였구나, 단단히 준비하였어!"

화포는 그때그때 쓸 수 있는 물건이 아니다. 이곳에서 끝장을 보고자 미리 준비해 놓았던 것이다.

처음부터 모든 것이 다 짜여 있었다. 흑마군은 연기가 폴폴 피어오르는 몸을 흔들었다.

흑혈마공은 끈질기다.

다른 공력이라면 아무리 천의무봉의 경지에 이르렀다 하더라도, 이렇게 몸을 가누지도 못할 터이다. 끈적거리는 검은 피를 뒤집어쓴 것처럼, 흑마군의 안색이 돌변했다.

그리고 앙상한 손을 힘주어 그러쥐었다.

우드득, 뼛소리와 함께 온몸이 검게 젖어들었다. 그는 다가오는 금군을 향해서 마공을 아낌없이 흩뿌렸다.

좌우로 그래도 살아남은 마인들이 늘어섰다.

몇 대의 강전을 달고서도 그들은 조금도 어색함 없이 움직였다. 두 눈에는 광기가 줄기줄기 흘러내렸다. 그것은 흑마군도 마찬가지였다.

흑마군은 흑혈마공에서 비롯하는 치밀어오르는 광기를 마다치 않았다.

"끄아아아아!"

수십의 마인이 한목소리로 울부짖었다.

온몸을 검게 물들였고, 검은 피를 흘리며, 검은 기운을 마구 일으키는 그들은, 이제 사람이라고 할 수 없었다.

그들을 상대로, 금군은 이를 악물었다.

강전과 화포를 쏟아부었음에도, 아직 저만한 기세를 지니고 있다니. 절로 오금이 저릴 정도였다. 그러나 어찌 마다할까.

보병들이 좌우로 갈라지면서 일단의 기마가 뛰쳐나왔다. 그들은 땅을 울리면서 무섭게 질주했다.

"황실의 영광을 위하여! 가자!"

"충!"

일백의 기마는 마치 한 몸처럼 내달렸다.

다그닥, 다그닥! 세찬 말발굽에 땅이 들썩거렸다. 그들은 아직 포연이 남아 흩어지는 곳으로 들이닥쳤다.

그 순간이다.

기마가 돌입하기 직전, 예리한 금음이 날카롭게 퍼졌다.

따당! 따다당!

살기가 만장한 전장에서 전혀 어울리지 않는 소리였지만, 이는 분명 금의 소리였다.

당황할 새는 없었다.

금 소리가 퍼지기가 무섭게 마치 안개처럼 고이기 시작하였던 검고 탁한 기운이 흐트러졌다.

"크륵!"

정신을 놓은 와중에도, 흑마군은 고개를 치켜들었다.

광기로 혼탁한 검은 눈이 요동쳤다. 음률은 마공의 근간을 흔들었다.

정말 찰나에 불과한 틈이었다.

그러나 참으로 시기적절하여서, 바로 코앞에 기마의 그림자가 드리워지는 순간이었다.

"카윽!"

"짓밟아라!"

"으아아!"

콰직! 콰지직!

힘찬 말발굽에 짓밟히고, 이어 몰아치는 칼날에 목이 날아갔다.

마인들은 뒤늦게라도 흐트러진 마기를 다잡았지만, 이

미 들이닥친 기마를 찢어버릴 수는 없었다.

몇몇은 기어코 달려드는 기마병을 끌어내리기도 했다.

마성에 휩쓸려 마구 손을 썼다. 사람과 말을 같이 갈랐다. 비명 지를 새도 없었다. 일체의 갑주가 아무 소용이 없었다.

마인은 인마의 붉은 피를 잔뜩 뒤집어쓰고서 이를 드러냈다.

마인은 마인이다. 그러나 기병 대부분은 마인들을 무참히 짓밟아버리고서 이탈했다.

"흐으으, 흐으으!"

마인의 손아귀에 휩쓸린 자들은 누구도 무사하지 못했지만, 한 번의 돌입으로 마인은 이미 반수 이상이 목을 잃었다.

검붉은 피를 쏟으며, 목 없는 몸뚱이가 하나, 둘씩 주저앉았다. 누구는 그나마도 할 수 없었다.

"크라라라!"

야수의 효후처럼, 마인들은 잔뜩 성을 냈다.

조 공공, 아니 흑마군은 검은빛이 넘쳐흐르는 눈을 한껏 치켜떴다.

지나친 기마 뒤로, 금군이 달려오고 있었다. 그리고 너머에서 이쪽을 지켜보는 자.

황금의 갑주가 여기서도 보인다. 그는 마상에서 금 하나를 얹어 놓았다.

"십삼……황자……!"

마공을 흔든 자, 그리고 여기까지 몰아붙여서 마도의 지극한 계책을 무너뜨린 자이다.

그것이 설마 십삼황자일 줄이야.

처음 황궁에 들었을 때에 뒷배라고는 조금도 없어, 그저 언제든 치울 수 있는 자라고 여겼건만.

"으, 으으으으!"

분노에 가슴이 시커멓게 타버릴 듯하다. 그러나 동시에 두 눈에 맺힌 불길한 검은 마화는 한층 힘차게 일렁였다.

비록 여기서 몰살을 당하더라도 저자 하나만 잡는다면 개죽음은 아닐 것이다.

"꺼져랏!"

"흐어억!"

"꺼윽!"

흑마군은 앞을 가리는 창병들을 왈칵 발한 기세만으로 날려버리고는 내처 땅을 박찼다.

콰앙!

발끝에서 땅이 내려앉았다.

흑마군의 질주는 실로 폭발적이다. 이 마당에 나서서 달려들 줄은 전혀 생각하지 못했다.

"으, 으어억!"

멀리서 쏘았던 포탄처럼, 흑마군은 땅이 내려앉을 정도로 쾅쾅 짓밟으면서 몸을 날렸다. 따로 손을 쓸 것도 없었다. 그의 발이 닿는 족족, 가까이 있던 정병들은 여력에 밀려서 나가떨어졌다.

정병의 비명이 채 흩어지기도 전에, 흑마군은 수십여 장을 훌쩍 넘는 거리를 치달렸다.

그의 목표는 분명했다.

언덕 너머에 서 있는 금갑의 장수, 황자를 노리는 것이다. 그 위에서 펄럭이는 황룡기가 불안하게 흔들렸다.

"마, 막아!"

비로소 사태를 파악한 총병이 다급하게 외쳤다. 그도 바로 말머리를 돌렸지만, 공세로 들어선 마당이었다. 그것을 되돌린다는 것은 어려운 일, 아니 가능한 일이 아니었다.

흑마군의 두려운 질주를 바라보면서, 십삼황자 주이청은 미동도 없었다.

그는 금 위에 그저 손을 올린 채, 자신을 노리고 달려드는 흑마군의 검은 바람을 조용히 바라볼 뿐이었다.

"저, 저하!"

"마, 막아라! 몸을 던져서라도 막아!"

세 천호장, 그들도 급하게 땅을 박찼다. 말을 몰아서 어찌할 여유가 없다.

어떻게든 흑마군의 질주를 막아내고자 온몸을 던졌다. 그러나 가까이 다가갈 수나 있어야 무엇을 할 수 있는 일이다.

채 손을 뻗기도 전에, 막강한 기파가 터지면서 나가떨어지기에 급급했다.

흑마군은 이내 주이청을 눈앞에 두었다. 한 번의 도약으로 충분했다. 그는 이를 드러내며 손을 뻗었다.

"죽어라! 황자!"

"……."

본능적으로 두려움을 주는 것, 그것이 마공, 마군의 경지에 이른 마공이라면 굳이 말할 것도 없다. 범인은 마주하는 것과 동시에 심장이 멎더라도 이상할 것이 없다.

그런 마군이 전력을 다하여서 마공을 집결한 채, 달려든다. 그럼에도 주이청의 낯빛은 고요했다.

마치 조금의 위험도 느끼지 못하는 듯하다.

황자의 앞으로 녹색의 환영이 화려하게 펼쳐졌다. 그것은 방패처럼 세차게 맴돌아, 내친 마공기력의 일장을 그대로 맞받았다.

쩌엉!

녹색의 환영은 하나의 녹편이다. 녹편은 밀려오는 흑마
공의 장력을 감싸더니, 그대로 흩어버렸다. 그리고 주이청
의 앞으로 한 여인이 사뿐하게 내려섰다.

녹색의 일그러진 가면으로 얼굴을 가렸지만, 언뜻 오연
하기 이를 데 없는 모습이었다.

그녀는 턱을 살짝 치켜들고서, 흑마군을 실로 가면 아래
로 내려다보았다.

"네, 네년은?"

흑마군은 자신의 일장을 조금의 손해도 없이 감당해 낸
녹면의 여인을 기괴한 눈으로 보았다.

"더 할 말 없다. 물러가라, 마도의 늙은 쓰레기."

여인은 짧게 읊조렸다.

그러자 흑마군은 퍼뜩 어깨를 들썩였다. 당황한 얼굴이
역력했다. 고작 한 수의 교환이었다. 그런데 이게 무슨 일
인가.

공력이 역행하고 있었다. 그뿐만이 아니었다. 피가 끓었
다. 그저 표현이 아니었다. 말 그대로 피가 부글부글 끓어
오르면서 그의 몸을 태우기 시작했다.

흑마군은 솟구치는 열기 속에서 한 가문의 이름을 떠올
렸다.

이런 수법이 천하에 다시 있을 리가 없다. 어쩌면 마도

보다 더욱 지독하다고 하는 곳이다.

"꺼으……어으…… 부, 분사, 분사심…… 너어! 독문
의……."

채 말을 다 할 수 없었다. 칠공으로 검은 피를 토하며 그
대로 주저앉았다. 그 피 또한 끓어올라서 흑마군의 전신을
집어삼켰다.

화르르르!

지독한 악취가 맴돌았다.

와중에도 마도를 섬멸하는 금군의 악에 받친 괴성이 시
끄럽게 울려 퍼졌다.

주이청은 느긋한 듯 보이는 눈길로 그들을 보다가, 고개
를 돌렸다.

녹면의 그녀, 당민이다. 둘은 별다른 말은 하지 않아도,
눈빛을 주고받는 것으로 충분했다.

"황자 저하!"

"본인은 무탈하네. 총병은 남은 일을 서둘러 처리하시
게."

"저하……."

"단 한 놈이라도 남겨두어서는 아니 될 일."

"보, 봉명!"

사색이 된 채, 헐레벌떡 뛰어왔던 총병이다. 그는 조금

의 흔들림도 없이, 다만 임무를 당부하는 주이청의 기색에 마른 침을 꿀꺽 삼켰다.

흑마군의 마지막 발악이 헛되이 불타 사라져버리고, 남은 마인들은 더 버티어내지 못했다.

시체가 산을 이루었다.

금군은 그들을 쌓아올리고서 불을 올려 바로 태워버렸다.

주이청은 황금으로 마갑을 씌운 백마를 타고서 앞으로 나섰다.

수백여 마인이 시커멓게 타들어가면서 숯덩이가 되어 가는 모습을 묵묵히 보았다.

피가 불길이 되고, 살과 뼈가 녹아내린다.

더없이 역한 모습이지만, 주이청은 조금도 물러나지 않았다. 그는 타들어 가는 마도의 무리를 지그시 노려보았다.

"황자 저하, 대승을 경하드리옵니다."

"대승을 경하드리옵니다!"

금군 총령 이하, 수백의 위관이 두 손을 모으며 깊이 고개를 조아렸다. 눈부신 전과를 올린 셈이다.

황성의 그림자 아래, 마교의 무리가 이리 암약하고 있을 줄이야 누가 알았을까.

고개 조아린 총병의 눈동자가 흔들렸다.

저기 불구덩이 속에는 동창의 막후라는 조 공공을 비롯하여서, 동창, 금의위, 어림친위군을 비롯하여 황궁의 안팎으로 중한 직책을 맡았던 자들이 여럿 섞여 있었다.

그들을 한데 모아서 일망타진하였으니.

이것을 주도한 주이청, 십삼황자의 명성과 위치는 더욱 드높아질 것이 자명했다.

'과연…… 오늘 일이 태자께 보탬이 될는지.'

총병은 그 우려가 행여 드러날까, 더욱 고개를 숙였다.

황상의 총지를 받았지만 그것을 움직인 것은 황태자였고, 황태자는 십삼황자를 신임하였다. 그런즉, 황태자의 사람이라고 할 수 있는 금군의 총병이 직접 나서기도 하였다.

지금 순간, 주이청의 기지와 무용에 감복하면서도, 자신이 모시는 주군에 대한 일말의 걱정이 솔직하게 솟았다.

그런 총병의 속내야 어떻든.

주이청은 말 위에서 고개를 들었다. 불길이 뒤섞이며, 더욱 기세를 올렸다.

매캐한 연기가 솟아오르면서, 초가을의 드넓은 하늘을 파고들었다.

많고 많은 이가 죽었다.

속한 바를 떠나서, 무수한 생명이 헛되이 스러졌다. 남은 악기가 아직도 선명하였지만, 주이청은 죽은 자들을 떠올리지 않을 수가 없었다.

주이청은 눌러쓴 투구가 무거웠고, 어깨를 짓누르는 금장면갑이 거추장스러웠다. 말 위에서 허리를 세우고, 잠시 창공을 어찌하지 못하고 허망하게 흩어지는 검은 연기를 물끄러미 지켜보았다.

"아청."

조심스럽게 다가온 목소리. 당민이다. 주이청은 고개를 돌리지 않았다.

얼굴 가린 녹면 사이로 그윽한 눈동자가 빛을 드러냈다.

"너무 많이 죽었어. 너무 많이."

"두려운 자들이지. 마도란."

"소명의 걱정이 새삼 와 닿는군."

자칫 내버려 두었다가는 무슨 큰일이 벌어졌을지.

저기 죽은 자들.

지위고하를 떠나서 참으로 나라의 중요한 일을 행하는 자들이었다.

이만한 피해로 마무리한 것을 다행이라고 여겨야 할지.

거듭 솟는 한숨을 미처 다잡지 못하였다.

비록 황궁에 숨은 마도의 종자를 남김없이 거두어 냈다고는 하지만, 그 피해는, 잃은 인명은 어찌할 것인가.

주이청은 시름 젖은 눈으로 고개를 돌렸다.

눈길이 향하는 곳은 먼 북쪽이었다.

"아청."

"충인은 잘 이겨냈을까 모르겠군."

"그 녀석. 잘해 내겠지. 소림이 있고, 또 그녀도 있으니."

"하하, 그런가."

무슨 생각이 들어서인지. 이청은 가만한 웃음을 흘렸다.

황궁의 움직임은 세상에 알려지지 않았다.

하북의 외곽에서 일어난, 큰 소란은 그저 소란으로 묻혀 사라졌다.

황도의 세력이 하루아침에 뒤바뀌었지만, 그것을 알아채는 사람은 극소수였다. 그에 반하여서, 하남 일대에서는 아주 큰 소란이 일어서, 동서남북을 가리지 않았다.

하남 무림을 거의 전부 아우른다고 할 정도인 등용문이 힘껏 나선 탓이었다.

등용문이 소림에 반하여서, 패도를 걷느냐고 의심할 만큼이나 과격하였다.

하남 무림, 소림파에 속하였든 그렇지 아니하든, 모든 문파가 등용문의 일방적인 방문을 받았다. 자칫 등용문의 기둥뿌리를 뒤흔드는 일이려나, 신임 등용문주는 거침이 없었다.

등용문의 젊은 맹호는 이제 젊다고 하는 말을 더 붙이지 않았다. 그는 용맹하기만 한 호랑이가 아니었다.

등천비호군(騰天飛虎君) 호충인.

이미 날개를 달고, 하늘 높이 날아오른 비호이다.

호충인은 등용문의 문주 직을 이어받는 것과 동시에 움직였다.

등용문의 정예를 전부 이끌고서, 사방으로 뻗어 갔다. 그러자 소림파의 그늘에 있던 마도의 종자, 세작이 모조리 딸려 나왔다.

한껏 반항하였지만, 이미 사태를 경험한 등용문이다. 뿐이랴 어디서 구하였는지 세밀한 증좌까지 갖추었으니.

호충인의 과단성이 빛을 발하며, 오랜 세월을 준비하였을 마도의 책략이 무위로 돌아갔다. 그렇다고 등용문이 마냥 멋대로 움직인 것은 아니었다.

손을 쓰기에 앞서, 용문제자의 이름이 앞에 있었고, 소림 본산이 뒤를 받쳤다. 무슨 연유에서인지, 소림사는 본산의 문을 닫아걸었지만, 그렇다고 해서 이번 일을 묵과한 것은 아니었다.

등용문의 일방적인 행사에 원망하는 소리가 채 커지기도 전에, 소림사에서는 방장의 뜻을 공표했다.

—마도가 재래하였으니. 소림파는 천하에 앞서 자신을 단속해야 할 일이다.

그 선두에 등용문이 있다는 것이다. 행여 불만이 있더라도 감히 입 밖으로 낼 수가 없는 지경이었다.

무엇보다.

등용문은 어디서 어찌 구하였는지, 세밀한 증좌 또한 지녔기 때문이었다.

그 의문이야 차치하고서.

호충인은 한 달 보름이라는 시간 만에 하남 무림을 평정했다.

하남의 제 문파는 마도의 큰 화를 일단 면하였음에 안도하였지만, 한편으로는 신임 등용문주의 위명을 새삼 확인한 셈이기도 했다.

하지만 하남을 떠나서, 지금의 일이 중원 무림에 알리는 바는 결코 가볍지가 않았다.

그만큼 마도의 종자가 천하 곳곳에 흩뿌려져 있다는 것이며, 또한 스스로 나서서 종자가 채 독을 뿌리기 전에 거두어낼 수 있다는 것을 만천하에 알린 셈이었다.

지금 등용문은 한껏 뜨거웠다.

거침없이 하남 땅, 방방곡곡을 질주하고서 자신감이 그
득하였다. 등용문의 제자이고, 무인이라는 것이 더없는 자
부심이었다.

그리고 지금.

호충인은 등용문의 조사영령을 따로 모셔놓은 곳, 영령
당(英靈堂)의 소박한 사당 앞에 우두커니 서 있었다.

하남 일대를 고루 평정하고서 등용문으로 돌아온 지 이
제 사흘이었다.

그동안 호충인은 내내 이 자리를 지키면서 무언가를 기
다리고 있었다.

"가가."

조심스러운 목소리가 들렸다.

호충인은 굳은 얼굴로 낙조에 젖어드는 산 너머를 노려
보다가, 고개를 돌렸다. 그 자리에는 하얀 백의로 위아래
를 갖추었고, 구름처럼 머리를 올린 한 사람의 가인이 다
소곳이 서 있었다.

얼음처럼 굳었던 호충인의 얼굴이 잠시나마 풀어졌다.

그녀는 호충인의 내자로, 백의선영 기원원이다. 그녀 또
한 강호의 이름난 절정 여고수이다.

"어찌 쉬지 않으시고."

"부군께서 이리 계시니. 저라고 어찌 마음 편하겠습니까."

"그게, 그런가……."

호충인은 민망하여서 눈 아래를 살짝 붉혔다. 과거와는 다르다. 촉망받는 후기지수가 아니라, 일문의 수장이며, 동시에 하남 무림의 젊은 맹주로 손꼽히고 있었다.

그가 긴장하고, 가슴 졸이는 모습을 솔직하게 드러내는 것은 딱히 바람직하다고 할 수는 없을 터였다.

그러나 다른 이유가 아님을 알기에.

기 선고는 흐린 미소를 머금기만 했다. 그녀는 살며시 다가와서, 늘어뜨린 호충인의 투박한 손을 잡았다.

깍지를 낀 두 손.

호충인은 그윽한 눈으로 그녀를 바라보다가, 다시 고개를 돌렸다. 지그시 입술을 깨물었다.

기 선고의 등장으로 풀어진 얼굴도 잠시에 불과하였다. 그가 기다리는 것은 그만큼이나 절박하였고, 가슴 졸이게 하는 일이었다.

"소식이, 소식이 올 때가 되었건만."

"그렇지요."

"하아, 답답하구려."

호충인은 지금 순간, 어느 때보다 솔직했다. 이것은 작게는 친우의 안위였고, 크게는 중원의 앞날이 걸린 일이었다.

그 무슨 거창한 소리냐고 할 수 있겠지만.

마도라는 것은 그러했다.

언제고 떨치고 일어나면, 못해도 만인혈로 강산을 적시고, 무수한 원혼이 하늘에 이르게 한다.

"후우……."

호충인은 길고 긴 숨을 토해냈다. 선고는 그 마음을 달래듯이 맞잡은 손에 꼭 힘을 주었다.

그때였다.

노을빛 젖어든 구름이 차츰 멀어질 무렵에, 담 너머로 급한 소란이 일었다.

누군가 전력으로 이쪽을 향해서 내달렸다.

사람 그림자가 언뜻 드러나는 순간, 버럭 소리쳤다.

"급보! 급보입니다!"

기다리던 순간이었다. 호충인은 당장 땅을 박차고 앞으로 뛰쳐나갔다. 실로 비호와도 같은 몸놀림이다.

그는 영령당을 박차고 나서서, 길목에서 전서를 받아들었다.

전령은 전서를 전하기가 무섭게 털썩 주저앉았다.

헐떡이는 숨소리가 거칠었다. 그러나 그의 안부를 생각할 겨를은 조금도 없었다.

호충인은 봉한 것을 거칠게 찢고, 전서를 활짝 펼쳤다.

글자는 많지 않았다. 단정한 필체로 고작해야 몇 글자가 있었지만, 그것으로 뜻을 전하기는 충분했다.

와락, 힘주어서 전서를 움켜쥐었다.

"……."

호충인은 입술을 질끈 깨물었다. 전서를 움켜쥔 손을 부르르 떨었다.

"호 가가."

"장로들을 모두 모아주시오."

"그리하지요."

기원원은 묻지 않았다.

등용문의 심처, 심천각.

그곳에 여러 중진이 빠르게 모여들었다. 해가 저물어가는 시간에 급히 소집한 만큼, 기다리던 소식이 도착한 것은 분명하다.

그런데 들어서기가 무섭게 입을 굳게 다물고서 심각한 호충인의 표정을 보고는 다들 움찔하였다.

일이 잘못되었단 말인가.

들어서는 족족, 장로를 비롯한 등용문의 중진, 모두의 얼굴이 싸늘하게 굳었다.

호충인은 문득 참았던 숨을 길게 토해냈다. 턱에 절로 힘이 들어갔다. 그러면서 고개를 들었다.

"모두 모이셨소?"

"그렇습니다. 문주. 내원과 이각, 삼당, 오사. 하나 빠짐없이 모였습니다."

"팔대장로도 여기 모두 왔소이다."

"감사합니다."

호충인은 수염 허연 장로들에게는 공수하여 고개를 숙였다.

"모두 짐작하다시피, 기다리던 소식을 받았소. 하북의 소식이오."

"으음."

"하북 땅에 퍼졌던 사교 무리가 마도의 소행임을 밝혀내었고, 그 배후까지 들어서 일망타진하였답니다."

"오오, 다행이군요."

"다만."

호충인은 말을 끊었다. 묵직함이 몰려왔다. 잠시 안도하였던 장로와 당주들이 숨을 삼켰다.

"그 배후가 황궁에 있었다고 합니다."

"저런!"

"그것은 실로 두려운 일입니다."

"황궁에도 그들의 그림자가 있다는 것이 참말이었다는 건가?"

"설마 하였거늘."

모두가 한두 마디씩 흘렸다.

황궁에 마도가 스며들었다는 것은 생각하기조차 싫은 일이었다. 이것은 단순히 강호의 문제가 아니라, 국가의 명운이 걸린 일이지 않겠는가.

한층 가슴이 무거웠다.

하남 무림만 하여도, 단속하기 전에는 마도의 종기가 이렇게까지 깊이 틀어박혀 있으리라고는, 이렇게까지 넓게 퍼져 있으리라고는 꿈에도 몰랐다.

대공자의 일이 있어서, 위험을 어렴풋하게 느끼고 있었을 뿐이었다.

서두르는 호충인을 안타깝게 생각했을 뿐이었다. 그런데 막상 판을 벌여놓고 보았더니. 이게 대체 무슨 참상이었던지.

하루하루가 그야말로 살얼음판이나 다름없었다. 마도의 손을 잡은 이가 누구인지, 어디서 튀어나올지 전연 짐작할 수 없었기 때문이다.

속절없이 목숨을 잃은 자만도 몇이나 되었다.

하남의 소림파 안에서도 등용문에 버금갈 정도로 강성한 문파가 몇이 있었는데, 그중 태반이 마도의 수작에 놀아나고 있었다.

그것을 알았을 적에 황망함이란.

흑선당과 개방이 아니었다면, 도대체 얼마나 큰 후환이 되었을지, 상상조차 할 수 없는 일이다.

호충인은 어두운 얼굴로 말했다.

"남은 삼백 마인을 유인하는 데에 일천. 그들을 상대할 적에 금군의 정병을 다시 일천을 잃었다는군요."

"이천!"

병력 이천이라니.

그것이 어디 쉬운 숫자인가. 떠올리기조차 어렵다.

비록 정병과 일반 병력 상에 질적인 차이가 있다고 하지만, 일천, 이천이라는 숫자의 실체가 바로 와 닿지가 않았다.

등용문의 중진으로 가장 연치가 부족하다고 하여도, 산전수전을 겪은 자들이건만.

지금껏 등용문의 방식은 각개격파였다.

예리하게 모은 증좌로, 가장 취약한 순간을 노려 전력을 제압했다. 어설프게 목숨을 살려두었다가는 되레 후환을 당하니.

　그렇게 제압하면서도 희생을 피할 수는 없었건만.

　"토병 삼천과 정예의 금군이 삼천이었답니다. 그야말로 회전에 버금갈 정도의 일이었지요."

　"하아, 마도란 것의 두려움은 그 기이함에 있다고 들었습니다만, 당대에 새삼 마주하니. 정말, 정말……."

　선뜻 말을 맺지 못했다.

　경험 많은 노강호라 하여도 선뜻 감당 못 할 일이었다.

　"이제부터가 시작일 것입니다."

　"으음, 문주의 말씀이 옳소."

　"하북과 하남에서 일이 글렀다는 것을 알았으니. 아마도 숨겨놓은 다른 수단을 꺼내 보일 수도 있겠지요."

　"예, 제가 걱정하는 것이 그것입니다."

　"본산의 의견을 구하는 한편으로, 더욱 신중하게 전력을 정비해야 할 것입니다."

　밤늦도록, 심천각에 밝힌 불빛은 꺼지지 않았다. 그만큼 오늘의 일이 중요하다는 것을 여기 모두가 절실히 느끼고 있었기 때문이었다.

　마도를 상대함에 있어서 일말의 방심이나, 자만이란 결코 있을 수가 없었다.

　그만큼 두려운 이름이었고, 두려운 자들이었다.

    *   *   *

 이렇게 일이 거듭하여서 엎어지다니.

 지금 당면한 상황을 앞에 두고서, 이곳의 주인은 당혹감을 감출 수가 없었다.

 하나, 하나를 공들여 준비하였다. 들어간 세월이 아무리 짧아도 수년이고, 길게는 십 년, 이십 년을 들이기도 했다. 황궁의 경우에는 다른 사람도 아니고, 오대 성사가 자신의 지위를 포기하고 일개 환관으로 들어가기까지 하였다.

 그런데.

 무위로 돌아가고 말았다니.

 한 번의 실패를 겪고서, 더욱 신중하였건만.

 잘못 들은 것이 아니다. 진정으로 장구한 계획의 상당수가 아주 엎어지고 말았다.

 "허, 허허허허."

 헛웃음이 절로 새었다. 그의 앞에는 피로 젖은 천 조각이 몇 장인가 놓여 있었다. 이렇게 전해져서는 아니 되는 것이었다.

 황궁 실패, 흑마군 이하, 삼백 전멸.

 하북 실패, 종마, 곤마 사망.

하남 실패……

여러 이름이 어지럽게 적혀 있었다. 누구는 하북의 작은 무관의 주인이고, 누구는 평범한 나졸이기도 했다. 소림파의 젊은 영웅이거나, 일문의 장로 대우를 받는 자도 있었다.

다들 오래도록 정체를 감추고서, 깊이 동화된 자들이었다.

이들이 교인이라는 것은 성마교 안에서도 극히 일부만이 알았다.

그런 이들이 죄 죽어나간 것이다.

황도에서, 하북에, 하남에서, 심지어 강남까지.

생각하면 하남 등용문에서 꼬리가 밟힌 것이 그 시작이었다. 되면 좋고, 안 되어도 그만이라, 가볍게 여겼던 것이 문제였을까.

이후로 어찌 된 영문인지 족족 일이 엎어졌다.

그는 천천히 손을 들어 한쪽 얼굴을 지그시 움켜쥐었다. 손 아래에서 묵직한 통증이 퍼뜩 일었다.

"으음……."

가만한 신음이 흘렀다.

이것은 실체적인 고통이 아니다. 이미 오래전의 일로, 심란이 일어나면 이만한 통증이 밀려왔다.

"아무래도 이해할 수가 없다. 황가에 파악하지 못한 세력이 있었더냐? 등용문의 신임 문주가 그만큼이나 뛰어난 자였더냐? 대관절 어찌 된 영문이지?"

그는 감싸 쥔 손을 내렸다.

청수한 인상의 장년인이었다. 그는 단아한 풍모를 지녔다.

잿빛으로 물든 머리카락을 바르게 쓸어올려, 관건을 갖추었다. 흔한 청삼 차림으로 그의 자세는 바르고 곧았다.

풍진이야 어떻든, 속세와 멀리 있을 법한 문인의 모습이었다. 그러나 한 가지, 얼굴 한쪽을 가리는 검은 안대가 있어서 그가 단순한 문인이 아님을 알 수가 있었다.

눈가의 통증이 아직도 어릿하다.

뭔가 크게 잘못 돌아가고 있다. 너무도 거대한 계획을 짠 탓이었을까.

그의 탄식에 답하는 사람은 없었다. 자리한 모두가 아무 대꾸도 하지 못했다.

이곳에는 한두 사람만 있는 것이 아니었다.

반백에 가까운 사람이 조용히 자리를 지켰다. 그들 모습은 실로 남녀노소가 따로 없었고, 각양각색이었다.

한쪽에는 새카맣게 어린 아이가 혼자 앉아 있고, 반대쪽에는 당장 관으로 들어가도 이상할 것 없을 노인이 왜소한 어깨를 잔뜩 움츠렸다.

울긋불긋 광대의 꼴을 한 자도 있었고, 사냥꾼이나 기녀는 물론, 관복 차림을 한 이도 몇이나 있었다.

그런 자들 모두가 허름한 초옥에 한데 모여 있었다. 그리고 모두 침중한 안색으로 고개 숙인 채, 말이 없었다.

"좌현사."

"허허, 이 또한 나의 불찰이오. 성마의 존체를 찾는 급한 일을 위해서, 잠시 소홀하였더니. 일이 그만 이리되어 버렸구려."

"어찌 그런 말씀을."

좌현사는 자책 어린 말을 흘리면서 고개를 흔들었다.

마른 얼굴에 흐린 미소가 어려 있었다. 씁쓸한 심정이 솔직하게 드러난 얼굴이다.

외눈의 문인, 그가 바로 지금 성마교를 이끌고 있는 좌현사 등벽이었다.

좌현사는 깊이 고민했다.

중원무림을 모두 아우르는 삼천지계.

그 일각이 완전히 무너져 버렸다. 이제야 그 결과를 기대할 정도가 되었건만. 수년 세월이 한순간에 물거품이라니.

"좌현사."

"그래도 여러분은 무사히여 다행이오."

좌현사는 고개를 돌렸다. 그의 외눈이 자신을 에워싸고 앉아 있는 여럿의 면면을 차분하게 훑어갔다. 빈자리가 눈에 들어왔다.

자리 하나, 하나에는 모두 주인이 있었다. 그리고 지금 비어 있는 자리는 대계에서 중요한 축을 이루는 자들의 자리였다.

잃은 것은 절대 가볍다고 할 수 없었지만, 한편으로는 그들이 전부는 아니었다.

굳이 선을 그어 보자면, 하남과 하북, 그리고 강남 일부를 잃은 정도였다. 좌현사의 오랜 계획은 그 뿌리가 천하 각지로 뻗어 있었다.

다만, 그저 씨앗만 뿌린 자들이 아니라, 성마를 따르는 오랜 종복을 잃은 것이 크게 안타까울 뿐이었다.

좌현사는 마련한 자리에서 빈자리 몇 곳을 물끄러미 보았다.

그 자리에 주인이 앉은 적은 단 한 번도 없었다. 그러나 언제고 주인이 돌아오리라 기대하였건만.

그 기대는 허망하게 스러진 셈이다.

"허나, 삼천의 계책은 차근히 진행하는 중이니."

"예."

"성화환천(聖火還天)의 날은 그리 멀지가 않소. 존체를 찾는 대로, 삼천이 발동할 것인즉."

자리한 마인 모두가 고개를 조아렸다.

성화환천, 그리고 삼천이라.

분명 지금 어려움이 닥쳤지만, 대업을 이루지 못할 정도 는 아니었다. 여기 모두가 합심한다면.

"아니…… 그것도 아닌가."

좌현사의 고개가 천천히 한 곳으로 돌아갔다. 그의 외눈 이 한쪽으로 향했다. 모두라고 하지만, 낯선 이가 하나 저 기에 있었다.

은연중에 거리를 두고서 한참 몸을 웅크린 거지 노인이 었다.

"젠장."

외눈을 받은 자는 짧게 혀를 찼다. 그는 옹송그린 몸을 더욱 옹송그린 채, 히죽 웃었다.

"들켰나?"

"아무리 모습을 따라 한다고 하여도, 성화를 품지 않은 자는 바로 알 수가 있지."

"헤에…… 성화라."

거지 노인은 싱겁게 고개를 끄덕였다. 아니, 노인은 아 니었다. 먼지가 수북한 백발을 끌어내리자, 비슷하게 때가 꼬질꼬질하지만 그래도 검은 머리가 드러났다.

노인의 검버섯과 주름이 같이 뜯어지고, 한 젊은 사내의 얼굴이 드러났다.

"휘유. 뭐, 들킨 마당에 계속 얼굴을 가리고 있는 것도 답답하고……."

"그래, 젊은 거지는 누구신가?"

"응? 나를 몰라?"

거지는 착 달라붙은 머리카락을 헝클어뜨렸다. 그 모습이 너무도 태연하여서, 좌우로 있는 성마의 성도들이 절로 눈살을 찌푸렸다.

퀴퀴한 냄새야 그렇다고 하지만, 흩어지는 하얀 가루는 어찌할까.

거지는 킁! 시원하게 코를 한 번 풀어버리고는 자리에서 일어났다. 그리고 태연히 두 손을 맞잡았다.

"개방 호리시랑 사걸의 아랑(餓狼)이라고 하는 소후찬이오."

이쪽, 저쪽을 향해서 거듭 공수하는 모양새가 참 대범도 하여라.

마인들은 바로 발작하지 못하고서, 눈만 둥그렇게 떴다.

좌현사는 흔들림 없는 눈초리로 그를 보면서 차분한 어조로 물었다.

"아랑? 탐랑이 아니고, 아랑인가?"

"에헤이, 같이 굶는 처지에 탐심부릴 게 뭐가 있다고 탐
랑이라고 하겠소. 헤헤헤……헤에……."

소후찬은 킬킬거리다가, 이내 숨이 다하였는지. 웃음을
흐렸다. 그는 멋쩍음에 목 아래를 벅벅 긁적거렸다. 손끝
으로 검은 때가 올올이 밀려 나왔다.

"쩝. 그래서, 이제 어쩌시려오?"

"사걸의 아랑이 여기에 있다는 것은, 우리네 백발노옹이
어찌 되었는지를 굳이 물을 것도 없겠군."

"뭐, 그렇겠지요."

"살아나가기를 기대하지는 않겠지?"

"그것도……뭐…… 그렇지요."

소후찬은 멋쩍은 듯, 히죽 웃었다. 좌현사의 그림자가
서서히 짙게 드리우고 있었다. 가까이 마인들도 느릿하게
거리를 두었다.

그들은 하나같이 색색으로 눈가를 물들였다.

지닌 마공으로 인하여서 누구는 검은 빛을 발하고, 붉은
빛을 발하고 등등이었지만, 소후찬을 향한 살기는 매한가
지였다.

"그런데…… 잠깐!"

소후찬은 두 손을 번쩍 내밀었다.

기세가 참 단호했다. 나른한 모습이 아니었다. 좌우에서 발하는 여러 마인의 살기가 막 휘몰아칠 참이었다.

소후찬은 주춤하는 그들을 향해서 싱긋 웃고서, 좌현사를 똑바로 보며 물었다.

"뭐, 어차피 뒈지는 거야 각오를 한 바이니, 아무래도 좋지만 말이오. 하나만 물읍시다. 아까 말한 그 존체라는 게 대체 뭐요?"

그는 사뭇 진지한 눈으로 좌현사를 뚫어질 듯이 바라보았다. 웃는 기색이 사그라졌다. 그 눈길에 다른 감정은 없었다. 번뜩이는 안광에 가득한 것은 진실을 알아야겠다는 것 한 가지뿐이다.

좌현사는 입매에 힘을 주고서, 턱 아래를 슬슬 쓰다듬었다.

"존체는 말 그대로 존체이지. 성마께서 편히 계실 수 있는 몸을 찾는 얼이다."

"……엑?"

소후찬은 진지한 얼굴로 있다가, 그만 얼굴을 일그러뜨렸다. 그게 무슨 뚱딴지같은 소리이냐고 되묻는 듯했다.

좌현사는 쓴웃음을 그리고서 고개를 흔들었다. 저런 반응이라니 딱히 불쾌할 일은 아니다. 범인으로서는 감히 짐작하거나, 헤아릴 수가 없는 일이니.

"이만하면 되었다. 젊은 협객."

"헤, 헤헤헤."

더는 말해 줄 것도, 들을 것도 없다는 것을 확인하였으니.

소후찬은 힘없는 웃음을 흘리며 고개를 떨구었다. 그리고 번쩍 두 손을 치켜들었다. 마치, 마음대로 하시라는 뜻이다.

좌우에서 다가와 그의 어깨를 잡았다.

강철 같은 손가락이 억세게 파고들었다. 그대로 살수를 쓰려는 것인가, 둘의 눈에 한광(寒光)이 일었다.

"니미럴, 똥이다!"

소후찬은 세차게 어깨를 뒤틀었다.

손가락 끝에 기세가 맺히는 그 짧은 순간을 노렸다. 그는 허물 벗듯이 걸친 넝마만 남기고서 냅다 뒤로 빠졌다. 기름칠이라도 한 것처럼 미끄러운 몸놀림이다.

그러나 여기 있는 마인 중 호락호락한 자는 단 한 사람도 없다.

"어딜!"

마지막 발악을 예견한 것처럼 뒤에는 다른 마인이 있었다.

앙증맞은 아이의 모습을 한 자였지만, 조소가 맺힌 얼굴에 어린 시퍼런 살기는 여느 고수보다 격렬했다.

하지만 그 또한 이어지는 일은 짐작하지 못했다.

"요거나 먹어라!"

소후찬은 허공에서 몸을 뒤틀며 사지를 활짝 펼쳤다.

펑!

노란 연기가 갑자기 터지면서 방 안을 삽시간에 채웠다.

"흐읍!"

"우엑!"

눈앞을 가린 것은 둘째치고, 감당 못 할 악취가 몰려왔다. 누런 연기에 대체 무슨 수작을 벌였던가.

기침이 터지고, 오만 욕지기가 밀려왔다. 고수가 아니라, 고수 할애비라 해도 도리가 없는 일이다.

와장창!

문창을 뚫고서 몸을 날리는 소리가 들렸다. 이를 붙잡아야 하건만, 뒤쫓을 엄두가 나지 않았다.

콜록거리는 소리, 밀려오는 욕지기에 헛구역질하는 소리가 연이어 울렸다.

와중에 좌현사는 물끄러미 서 있었다.

그는 누런 연기에 전혀 영향을 받지 않는 것처럼 태연했다. 입가에 쓴웃음이 맺혔다.

"쓸데없는 짓을……."

좌현사는 가볍게 손을 내저었다.

달리 공력을 일으킨 것 같지도 않았지만, 좌현사가 소매를 흔드는 간단한 손짓에 강한 바람이 몰아쳤다.

사방으로 흩어지는 노란 연기가 마치 생명체처럼 꿈틀거리더니, 구멍 난 곳으로 빠르게 밀려갔다.

단순한 경풍(勁風)이 아니었다.

누런 연기를 가득 담은 바람은 흡사 거대한 손바닥 형상을 취한 채, 끝도 없이 밀려갔다. 바로 뭔가 터지는 소리가 크게 울렸다.

꽈르릉!

얇은 벽이 무너질 것처럼 크게 뒤흔들렸다. 천장에서 마른 먼지가 부스스 떨어졌다.

좌현사는 먼지를 가벼이 밀어내고는 헛웃음을 흘렸다.

"허, 끝내 비명도 없다. 개방의 단심이야말로 불멸(不滅), 불괴(不壞)라 하더니."

조롱이 아니다. 짧은 망정, 그것은 분명한 탄성이었다.

"크, 크흠. 좌현사, 못난 꼴을 보이고 말았습니다. 크흠, 크흠!"

정신 차린 다른 이들이 치미는 기침을 겨우 삼키면서 고개를 숙였다. 사뭇 민망한 일이었다.

고작 개방의 어린 제자에게 이리 농락을 당하였다니.

좌현사는 고개를 흔들었다.

"개의치 마시오. 천하제일방이라고 하는 개방의 협개. 어찌 지닌 재간이 없었겠소. 그보다 주변 수습을 부탁하겠소."

"그리하지요."

마인들은 빠르게 움직였다.

아직 속이 불편했지만, 마냥 그것을 달래고 있을 만큼 여유가 있는 것도 아니었다.

개방의 거지가 마인 중 하나로 가장하고 들어섰다.

이곳은 이미 발각된 것으로 봐야 했다. 빠르게 정리하고서 사라질 뿐이었다.

마인들은 이곳에 이르는 모든 흔적을 말끔히 지웠다. 동시에 채 마당을 빠져나가지 못한 젊은 거지, 소후찬의 시신도 수습했다.

부서진 문창 하나를 제외하고는 아무 일도 없었던 것처럼 사위가 고요했다.

좌현사는 뒷짐을 진 채, 가장 마지막까지 남아 있다가 모습을 감추었다.

인적이 모두 사라지고, 해가 뉘엿뉘엿 기울 무렵이다.

어느 순간, 여럿의 그림자가 마치 땅에서 솟아난 것처럼 등장했다. 그들은 하나같이 비렁뱅이 모습으로, 긴 가죽 포대를 등에 짊어지고, 손때 그득한 죽장을 짚고 있었다.

개방의 거지들이다.

초옥에 들어선 자들이 전부가 아니었다. 그곳 일대가 죄 거지들이었다.

그들은 시커먼 얼굴을 마구 들이대면서 주변 흔적을 샅 샅이 뒤졌다. 그러나 태반이 빈손이었다.

뭣 하나 유의미한 흔적은 없었다.

"감쪽같구먼, 아주 감쪽같아. 조금도 흔적이 없다니."

이들의 우두머리인 노걸개가 혀를 찼다.

주름 깊은 얼굴에는 검댕이 그득하여 시커멓다. 걸친 옷 은 몇 번을 기웠는지, 본래 모습을 알 수가 없을 정도였다.

그것도 잠시, 노인은 슬픈 눈으로 고개를 돌렸다. 그가 보는 자리에는 젊은 걸개의 시신이 덩그러니 놓여 있었다.

퀭하게 뜬 눈은 초점도, 생기도 없었다.

아랑 소후찬이다. 그는 입가에 맺힌 핏물 자국이 없으면 평소처럼 멍한 모습이었다. 그를 보면서 자리의 개방 걸개 들은 침중한 안색을 감추지 못했다.

"아랑, 고생했다."

"고생했네."

개방 형제들은 질끈 입술을 깨물었다. 그래도 시신이나

마 온전하게 남겨 주었으니. 그들은 후우, 젖은 숨을 내뱉고는 축 늘어져 있는 소후찬에게 다가갔다.

"그만! 손을 거두어라."

엄중한 목소리가 다급히 그들의 발을 붙잡았다.

노걸개였다. 그는 굳은 눈으로 눈 뜬 소후찬을 한참이고 들여다보았다.

"장로님……"

"마도의 종자들은 참 지독한 놈들이다. 그 마구니들이 별 이유도 없이 이렇게 시신을 온전히 보전해 놓았을 리가 없다."

"그 말씀은?"

"시신에 따로 수작을 부려놓았을 것이다. 아랑 녀석에게는 미안한 일이나. 그만 물러나도록 하여라."

"……"

거지들은 장로의 제지에 질끈 입술을 깨물었다. 그들은 늘어져 있는 소후찬의 시신에서 눈을 떼지 못했다.

"장로님!"

그때, 밖에서 급한 소리가 들렸다. 모두의 고개가 그쪽으로 향했다.

"무슨 일이냐."

급히 다가갔다. 바깥을 따로 살피는 거지들이었다. 그들은 한쪽 담 구석에서 우두커니 모여 있었다. 그 자리에는 수풀이 엉망으로 짓이겨져 있었고, 피를 토한 흔적이 남아 있었다.

소후찬이 미처 빠져나가지 못하고 당해 버린 그 자리였다.

흩어진 핏물이 아니라, 흐트러진 수풀의 모양을 물끄러미 보았다. 그곳에는 개방 거지들만이 알아볼 수 있는 뭔가가 있었다.

이를테면, 밀마(密嗎)인 셈이다.

장로는 고개를 흔들었다.

"하…… 긴박한 와중에도 용케 밀마를 남겼구나. 참 용케도……."

거지들은 모두 고개를 돌렸다. 활짝 열어놓은 방문 너머로 축 늘어져 있는 소후찬의 시신이 보였다. 식어버린 그의 얼굴에는 언뜻 미소를 그린 듯했다.

작은 초가에서 불길이 크게 일었다. 검은 연기가 뭉클거리면서 솟구치는 모습이 멀리서도 보일 정도였다.

먼 곳에서 이를 보는 눈초리가 있었다.

그는 외눈을 가늘게 뜨고서 일어나는 검은 연기를 물끄러미 보았다.

"과연, 개방이라고 해야 하는가. 잔재주는 통하지 않은 모양이군. 하하하."

좌현사는 잠시 쓴웃음을 흘렸다.

웃음은 찰나에 흩어진다. 좌현사의 눈가에는 차디찬 냉기가 어려서, 닿은 모든 것을 얼려버릴 듯이 새하얗게 빛났다.

이러니저러니 하여도, 개방은 소림, 신검일맥과 함께 마도의 제일적이다.

거지들의 지독함을 어찌 모를까.

마도가 집요한 만큼이나, 저 거지들도 마도에 대해서는 편집증적일 정도로 집요하다. 어떤 희생도 마다치 않는 자들이 바로 개방의 거지들이니.

단심협개(丹心俠丐), 개방의 노소 거지들이 자부하는 그 이름.

좌현사는 마치 안개처럼 유형화된 살기를 어깨 위로 드리운 채, 걸음을 옮겼다.

천산 마도의 모든 것을 건 대계, 성화환천지원(聖火還天至願)은 아직도 한참이나 남았다.

기껏 몇 곳에서의 수가 틀어졌다고 해서, 어찌 끝이 나는 것이 아니었다.

하늘은 아직도 파랗다.

성마를 뜻함인가. 적천의 때는 아직 멀었건만, 동천의 어딘가에서 적자(赤紫)의 불길한 기운이 서서히 맺혀갔다.

그것이 단지 천색의 변화인지, 천기의 변화인지는 그 누구도 짐작할 수 없는 일이었다.

제5장
화산백기(華山伯起),
권야출도(拳爺出道)

　천하의 대방인 개방, 그곳의 총타는 만천하가 알고 있듯이 개봉부의 관제대묘에 자리하고 있었다. 먼지를 하얗게 뒤집어쓰고도 세월 수백 년의 관제상은 눈을 잔뜩 부라리며 아래를 내려다보았다.

　단 앞에는 개방의 용두방주, 당대의 뇌공이 있었다.

　뇌공은 탁한 눈을 느릿하게 깜빡거렸다. 오랜 세월을 드러내듯이 눈가의 주름은 깊었고, 눈가에는 진물이 맺혔다.

　노인의 웅크린 어깨 위에 내린 그늘은 한없이 무거워라, 마치 세상 천지의 어둠과 시름을 다 드리운 듯했다. 그러나 탁한 눈의 깊은 곳에서는 희뿌연 광망이 맺혀서, 불빛 어두운 대전에서도 안광이 또렷했다.

뇌공은 개방 총타에서 바쁜 보고를 묵묵히 듣고 있었다.

그의 좌우로는 개방의 주요한 인사들이 둥그렇게 모여 있었다.

딱히 앉을 자리 같은 것은 없었다.

다들 거지답게 각자의 거적 하나를 깔든지, 그냥 흙바닥에 드러눕든지 하는 편한 모습으로 있었다.

자리한 모양새는 그러한데, 그들 얼굴은 그리 편한 기색이 아니었다.

시커멓게 지저분한 얼굴이라도, 안색이라는 것은 있기 마련. 다들 검게 물들어서, 뭐라 할 말을 잃은 듯했다.

바쁜 보고는 한참 전에 끝이 났다.

그것을 떠든 이도 시무룩하여서는 입술을 지그시 깨물었다.

평소라면 보고 끝에 무슨 허튼소리라도 덧붙였다가, 어른들에게 혼이라도 날 터이지만, 오늘 이때에는 아무 말도 더할 수가 없었다.

"흐어……"

누구의 입에서랄 것도 없었다.

한숨이, 젖은 한숨이 불쑥 튀어나왔다가 흩어졌다.

뇌공 또한 침묵을 지키다가, 느리게 고개를 들었다. 희뿌옇게 흐린 눈동자가 높은 천장, 어딘가를 바라보았다. 거미줄과 먼지가 뒤엉켜서, 비단 자락처럼 나풀거렸다. 깨진 천장의 틈바구니로 햇빛이 스며들었다.

뇌공은 입가를 가만히 우물거리다가, 어렵게 입을 열었다.

"그래, 아랑. 그 어린 녀석이 그리 갔단 말이지."

"……."

아득한 세월이 흘렀건만, 늙은 마음은 조금도 무뎌지지 않는구나. 아니, 무뎌지기는커녕 더욱 슬퍼라.

아랑 소후찬의 죽음을 알리고서, 백결장로 흑안당은 검댕이 가득한 늙은 얼굴을 떨구었다.

흑안당의 심정은 뇌공보다 더욱 괴로우면 괴로웠지, 절대 모자라지 않았다.

소후찬을 비롯한 호리시랑의 사걸이 모두 그가 거두고 기른 제자였다.

호리시랑은 곧 다음 대의 용호풍운, 개방의 사대호법이라는 뜻이었다. 그 한 자리를 크게 잃고 말았다.

강호의 대방으로서도, 참으로 큰 인재를 잃은 셈이다.

그러나 그딴 것은 집어치우고, 어린 제자가 나이 든 스승보다 앞서 가 버렸으니. 그뿐이랴, 제자의 시신조차 제대로 수습하지도 못했다.

흑안당은 힘주어 입매를 짓누르고서, 바닥만 내려다보았다. 끔뻑이는 눈가가 데일 듯이 뜨거워라. 그의 참담한 속내를 짐작 못 할 사람은 없었다.

"그 녀석, 참 잔망스럽게도 굴더니만, 그래도 한 소식을 알렸구먼."

뇌공은 탁한 눈을 한번 깜빡이고는 씁쓸한 심정을 그대로 담아서 중얼거렸다.

흑안당은 벌건 눈을 들어서 뇌공을 한 번 보고는 애써 웃어 보였다.

"에이잉, 그런 꼴은 보기 싫어. 울려면 울고, 화를 내려면 화를 내게."

"헤헤, 이 화는 나중에 내야지요. 아직 터뜨릴 때가 아닌 듯합니다. 방주."

"쯧쯧……."

뇌공은 애써서 차분한 흑안당을 보며 혀를 찼다.

웃는 얼굴이 어쩜 저리 흉할꼬. 속이 썩어 문드러질 듯할 것이고, 뒤채는 살기와 원망이 무섭게 요동치련만. 그속내를 그래도 웃는 얼굴로 가면 삼아 감췄다.

"상황은 어떠하냐, 씨부려 보아라."

"하북에서는 십삼황자가 직접 나섰고, 하남에서는 등용

문이 움직였습니다. 그들을 뒷받침한 것은 산서의 흑선당이었지요."

산서에서, 하북, 하남까지. 크게 일어난 일을 모두 들어 알았다.

흑선당도 진정 명운을 걸고서 달려들었다.

새로이 흑선당주가 되었다는 이는 수완도 수완이었지만, 젊은 패기로 과감하게 몰아붙였다. 피해는 감수한다는 태도였다.

그야말로 속전속결.

터전이라고 할 수 있는 산서는 물론이고, 하북, 하남에서까지도 마도의 거점을 모조리 파악했고, 그것을 황궁과 등용문이 들이닥쳤다.

놓친 자들은 단 하나도 없었다. 우연일지라도 용케 몸을 피한 자들 또한 흑선당이라는 체에 걸렸다. 그리고 뒤에는 개방이 움직였다.

아랑이 움직인 것도 그 일환이었던바, 다만 사람을 잃어서 절반의 성공이라 할 수도 없었다.

침통한 것을 잠시 묻어두고서, 용두방주는 은근히 고개를 흔들었다.

"고것 참. 당대의 용문제자라는 녀석. 고 녀석의 수완이 상당하고나."

"듣기로, 낙양에서 벌어진 괴변도 그가 서장제일도와 함께 수습하였답니다."

"흠, 천룡의 애송이들, 그 잘난 자존심에 상처 좀 났겠군."

용두방주는 코웃음을 흘렸다. 무가련의 행사는 물론이고, 홀로 고고한 척하는 천룡세가도 그리 곱게 보이지 않는 뇌공이었다.

그런 와중에 천하 각지의 일도 빠르게 설명이 들어갔다.

무가련의 주요한 가문도 적지 않은 피해를 보았다.

섬서백가는 하필이면, 가문의 직속 상단인 백마상회의 상행이 산사태에 휩쓸렸다.

안휘남궁은 때 아닌 풍랑(風浪)을 맞닥뜨려서, 가문의 상선 중 절반을 잃었다.

두 가문은 그저 자연의 재해라고 할 수 있겠지만, 그것이 참으로 기이했다.

백가의 백마상회는 산비탈도 아닌 곳에서 토사에 휩쓸렸고, 남궁가의 상선은 하늘이 맑은 가운데에 풍랑에 배가 뒤집혔다.

마치 요괴가 땅을 부리고, 바람을 부르는 지경이었다.

하북 팽가의 경우에는 하필이면 황위 다툼에 끼어든 탓으로 한껏 위축되었던 차에, 하북을 뒤흔든 사교에 크게 혼쭐이 났다. 가문의 근기가 크게 상하고 말았다.

그나마 직접적인 피해가 없다고 할 곳은 광동육가와 호남황보 정도라고 할 수 있었다.

광동육가는 광동 땅에 다른 어느 곳도 아닌, 개방의 정예가 포진하고 있었기에, 느닷없이 일어난 괴변에도 어렵지 않게 대응할 수 있었다.

호남황보는 지난 수년간 은원이 중첩하였던 황가련과 극적으로 화해하면서 마도의 수작을 같이 이겨낼 수 있었다.

이만큼이나 수습을 해내어서 과연 무가련이라고 할지, 오가라고 해야 할지.

뇌공은 고개를 끄덕였다.

"흠, 그래. 고것들도 제 살 길을 찾으려면 마냥 꿍쳐두고 있을 수만도 없겠지."

노인은 가만히 우물거렸다. 무가련이라는 허울 좋은 이름을 관두고서, 각 가문에서 아끼고 아끼는 것을 두고 하는 말이었다.

그것이 무력이 되었든, 금력이 되었든.

마도라는 것들이 제대로 한번 움직이면, 어디 한 곳만 무너지고 끝이 나는 것이 아니다.

대충 상황을 들어보건대, 마도라는 것들은 어떤 목적을 두고서 차근차근 일을 벌이고 있었다. 과연 그것이 무엇을

위해서이냐는 여기서 생각한다고 알 수 있는 일이 아니었
다.

마도란 역천이고, 역리이다. 상궤에서 벗어나 있는 것들
이니.

"아랑 녀석이 남긴 밀마가 참으로 중요한 듯한데. 존체,
존체를 찾다라? 고것이 대체 무슨 소리인고."

"마도 것들이 존체라 높이는 것이 무어 따로 있겠습니
까?"

"흐음, 설마하니, 성마. 그 사람 아닌 것이 지금 천산에
없다는 말인고?"

"어쩌면 후계의 문제일 수도 있겠습니다. 그 왜, 포달랍
에서는 신승이 환생(還生)을 한다지 않습니까."

"그야…… 뭐……."

포달랍 궁의 환생 전설은 들은 바가 있기는 하였다. 가
만 듣기로 관세음보살의 화신으로, 그 영혼이 다른 아이의
몸으로 환생한다던가.

그런데 과연 그런 문제일까.

뇌공은 주름이 그득한 목 언저리를 슬슬 쓰다듬었다. 머
리를 가만히 굴려는 보지만, 원체 단서가 부족하였다.

성마교의 체계나, 성마교의 마공에 대해서는 피와 목숨
을 뿌려가면서 알아왔지만, 존체 운운하는, 정작 성마에

대해서는 아직도 미지의 영역이었다.

피와 마공으로 교인을 부리고, 모두가 성심으로 목숨을 바친다.

한낱 사교의 무리와는 전혀 다른 자들이었다.

굳이 무공을 지녀서도 아니었고, 그들의 영향력이 세외 일세를 아우르기 때문만도 아니었다.

참으로 마교인 자들이다.

"좋다. 이 마구니 것들이 옛적과는 또 다른 이유로 중원을 도모하려 드는 것만은 분명하구나."

그리고 결론으로.

뇌공은 다시 입을 다물었다. 그와 둥그렇게 같이 앉은 개방의 육대장로, 팔대호법, 십삼당의 당주들은 하나같이 심각한 얼굴로 같이 침묵했다.

각자 생각하는 바가 있으니. 그것을 정리하는 순간도 필요한 것이다.

"아무래도 아쉬운 소리 좀 해야겠구먼."

침묵을 먼저 깨뜨린 것은 역시 뇌공이다.

천하의 뇌공이자, 개방의 용두방주가 아쉬운 소리라고 할 상대가 대관절 누구란 말인가.

장로, 호법, 그리고 여러 당주가 의아한 눈으로 뇌공을 돌아보았다.

"여보게, 화산으로 사람을 보내게."

"화산이라 하심은? 화산파를 말씀하십니까? 그네들도 지금은 정신이 없을 터인데요."

"아니, 이 사람이. 이제 늙었다고 머리까지 죄 굳어버렸나."

몰라 되묻는 장로에게 퍼뜩 오만상을 썼다. 답은 아니 주고서 면박이라니. 서운할 법도 하지만, 원체 그런 뇌공이고, 함께한 세월이 반백여 년이라서 장로는 불퉁하니 쏘아붙였다.

"거 허튼소리는 고만하고, 언능 풀어놓으시오. 지금이 무슨 농담 따먹기나 할 때요."

"크흠, 저것도 늙었다고 대드는 꼴이라니."

"아, 방주!"

"알았어, 알았어."

뇌공은 게슴츠레한 눈빛을 냉큼 거두고, 빠르게 손을 내저었다.

흰소리로 마냥 입씨름할 때가 아닌지라.

뇌공은 늙은 목청을 헛기침으로 가다듬고서, 새삼 앉은 몸을 앞으로 기울였다. 사뭇 신중한 기색이다. 경망된 모습은 조금도 없다.

"이 정도 일이라면, 마도의 썩을 종자들이 아주 단단히 준비하였음은 불문가지. 단순한 소요가 아닌 게야. 용문제자의 경고대로 일이 돌아가고 있으니, 숭산에도 그렇지만, 화산파에 사람을 보내어서, 그놈에게 소식을 전하게 하게."

"그러니까, 그놈이라 하시면."

"검백, 그놈 말이야."

"흠!"

검중화산의 검백, 사마종.

당대의 천하제일검.

뇌공은 그를 '놈'이라 칭하면서 전혀 어려움이 없었다.

개방의 중진들은 마른침을 살짝 삼켰다. 그들은 아무래도 어려운 얼굴이었다.

이름이 주는 무게가 남달랐다.

"방주, 그래도…… 당장, 그분을 청하기에는……."

"그래도는 뭐가 그래도야. 지금 당장 사람을 보내도, 그놈이 언제 기어 나올지 아무도 모른단 말이야. 그걸 몰라 그러나?"

"……."

아직 중년에 이른 거지들은 영문을 몰라서 고개만 갸웃거리는데, 노년의 거지들은 그제야 크게 깨달았다는 듯이 무릎을 쳤다.

"그렇지, 그렇지."

"그게 그런 사람이었지."

"그러니까 눈치 볼 것도 없고, 체면 따질 것도 없네. 아닌 말로 개방이 뭔 놈의 체면이야."

뇌공은 마냥 시큰둥했다. 아쉬운 소리 좀 하는 게 뭐 별일이라고.

"그러고 보니. 요새는 육대고수라고 한답니다."

"뭣잇? 그게 또 뭔 소리야?"

"흐흐흐."

"아니, 이놈이?"

"만천옹, 그 작자가 다시 중원으로 돌아온 모양입니다."

"만천옹? 그 괴팍한 놈이? 아니, 그래서."

누가 누구보고 괴팍하다고 하는지.

먼저 말을 꺼냈던 개방 장로는 잠시 떨떠름한 얼굴이었지만, 뇌공이 계속 재촉했다.

"크흠, 커흠. 뭐, 뻔하지요. 용문제자의 소문을 듣고는 그 가벼운 엉덩이가 어디 가만히 있었겠습니까?"

"오호, 고 말인즉. 고 녀석이 용문제자를 인정하였다? 허, 허허허."

뇌공은 마른 웃음을 흘렸다. 그가 보기에도 당대의 용문제자는 인정할 만했다. 그러한데, 만천옹이 그리 순순히 인정할 리가 없는 일이었다.

그 고약한 성질머리는 뇌공조차 인정하는 바였다.

무엇보다 남 잘되는 꼴을 멀쩡히 보지를 못하는 성질이었다. 뇌공은 잠시 흐린 눈동자를 데굴 굴렸다.

"아하, 그렇고만."

노인은 고개를 끄덕였다. 답은 이미 나와 있지 않았나. 남 잘되는 꼴을 가만히 보지를 못하는 성질머리.

그런 만천옹이 선뜻 천하 고수의 반열에 용문제자를 덥석 올려놓은 것은 다른 이유가 아닐 터였다.

딴에는 심술을 부리려고 갔다가, 뜻밖에 호된 꼴을 당한 것이 분명했다. 그러니 어디 이름에 한번 눌려보라는 심보다.

"허이구, 그놈 하는 짓이 매양 그렇지 뭐."

뇌공은 한숨을 흘렸다.

심보는 잘 알겠지만, 그가 본 용문제자는 그리 호락호락한 자가 아닌지라. 딱히 의미는 없을 듯하였다.

"노방주. 손님이 오셨습니다."

다들 끌끌거리면서 혀를 찼다. 그런데 문득 밖에서 고하는 목소리가 들려왔다. 손님이라, 이때에 무슨 손님이 온다는 말인가.

뇌공은 눈곱 그득한 눈꼬리를 긁적거리면서 마른 목을

세웠다.

"손님이라? 어디의 누구라는데?"

"그것이……."

기울어 있는 총타의 문으로 한 그림자가 들어섰다. 꼿꼿하게 선 그의 그림자가 길게 드리워서 뇌공이 앉은 자리 앞까지 이르렀다.

"오호?"

뇌공은 그를 알아보고는 눈을 느리게 끔뻑거렸다.

좌우로 방만하게 있던 노걸들도 주섬주섬 허리를 세웠다.

그들을 둘러보면서, 안으로 들어선 그림자는 한 손을 가슴 앞에 세우고서, 깊이 허리를 숙였다.

뇌공은 히죽 웃으면서 중얼거렸다.

"그래, 숭산에는 안 보내도 되겠다."

여하간, 그날 개방 총타에서 발 빠른 거지 하나가 화산으로 냅다 달렸다.

검은 수염을 흩날리니, 어디 어린 소걸개가 아니라, 개방의 당주 중에서도 순찰당을 맡은 천리비걸(千里飛傑)이 직접 나선 것이었다.

개방 경공의 대가라고 하는 그가 직접 나선 일이라, 화산 또한 가볍게 대할 수가 없었다.

개봉에서 화산이 있는 섬서 화음현까지.

못해 달포 거리를 사흘 만에 주파하였고, 화산에서는 소식을 접하기가 무섭게 장제자를 보냈다.

산중의 동굴. 그 앞에는 가지가 무성했고, 수령 헤아릴 길 없는 노송이 길게 자라 있었다. 비탈진 외길이었다. 그곳에 드나들기란 쉬운 일이 아니었다.

특히나 이곳은 천하제일험준이라고 일컫는 태화산이었고, 그 태화산의 제일봉인 연화봉이었다. 나는 새들도 지쳐서 잠시 쉬어간다고 하는 산봉우리의 그늘 진 곳에 자리한 동굴이니 오죽할까.

그런 곳인데, 한 사람이 있었다. 그는 동굴 입구에 무릎을 꿇고서 한참이고 기다리고, 또 기다렸다.

가만히 이는 바람이라도 살을 엘 듯했다.

머리 높이서 비추는 햇빛이 무색할 정도였다.

고개 숙인 자는 자신이 드리운 그림자만 물끄러미 지켜보았다. 그가 여기에 올라온 것이 벌써 수삼 일이었다.

그동안에 사내는 단 한 걸음도 하지 않고 있었다. 그 정성이 알 만했다.

대체 동굴 속에 무엇이 있다고 이러한지.

한참 침묵이 이어지고 있을 새, 동굴 속에서 부스럭거리는 소리가 들렸다. 그 소리는 간절히 기다리는 사내에게는 천둥처럼 크게 들렸다.

그는 바짝 고개를 치켜들었다.

바람에 초췌한 얼굴이었지만, 크게 뜬 눈에는 신광이 어렸다.

동굴 속에서 그림자가 어른거리고, 이내 한 사람이 천천히 걸어 나왔다.

허리가 꼿꼿한 노인이었다. 길게 늘어뜨린 머리카락과 얼굴을 뒤덮은 수염은 흡사 은빛으로 물든 것처럼 반짝였다.

언뜻 드러난 얼굴은 아이처럼 붉었다.

그리고 가는 눈가에는 흐린 빛을 품었다.

노인은 무릎 꿇은 이를 지그시 바라보았다. 그 눈길을 줄 뿐이지, 먼저 말문을 열지는 않았다.

한편, 신광을 발했던 사내는 노인의 모습을 보기가 무섭게 말문이 막혔다.

노인이 딱히 다른 위세를 보인 것도 아니건만, 절로 입안이 말랐고, 혀가 굳었다.

그토록 바라마지 않았던 만남이건만, 막상 마주하기가 무섭게 압도당하고 말았다.

'처, 천하제일검…….'

내뱉지 못한 한마디가 혀끝에서 맴돌았다.

천하제일검이라 말할 수 있는 사람은, 하늘 아래에 오직 한 사람뿐일 게다. 더욱이 천하가 인정하는 사람이라면 더 말할 것도 없다.

천하제일검, 그리고 육대고수의 수좌라고 할 수 있는 천하의 고수.

검백 사마종.

바로 눈앞의 노인이었다.

—이 늙은이에게 무슨 볼 일인가?

인사도 올리지 못하고 굳어 있는데, 불현듯 머릿속을 울리는 목소리가 있었다. 사내는 눈을 끔뻑거리다가 퍼뜩 고개를 치켜들었다.

사마종이 그를 가만히 지켜보고 있었다.

"저, 저는……."

너무 오래도록 입을 다물었던 탓인가. 목소리가 쩍쩍 갈라졌다. 마른 목을 겨우 삼키고서, 다시 입을 열었다.

"저는 화산 문하의 청견(靑絹)이라 합니다."

—화산 문하라. 화산 문하가 여기는 어찌 오셨는가.

"개방을 통하여서 급한 전언이 있기에, 삼가 말씀을 전하고자 고인의 청정을 범하고 말았습니다."

긴장은 여전하여서, 청견이라는 화산 도사는 빠르게 말을 맺었다.

사마종은 느릿하게 눈을 끔뻑였다.

개방, 개방이라.

화산 심처에 몸을 숨긴 세월이 벌써 십여 년이라. 과거의 인연이 죄 흐릿한데, 그래도 떠오르는 이름에 입가에 고졸한 미소가 맺혔다.

—개방의 방주는 어느 분이신고?

"예, 그것이 아직 그분이십니다. 뇌공께서 용두방주로 계시지요."

—허어, 그런……

사마종은 안타까운 심정을 드러냈다. 그가 한참 젊을 적에도 개방의 용두방주였고, 당대의 뇌공이었던 분이다. 그러나 노인은 흐린 미소를 그렸다.

게으른 교룡이 여전한 모양이다.

사마종은 이내 헛웃음을 머금었다. 천하대방의 막중한 책무를 모르는 바 아니나, 그들도 참 어지간하다. 그는 곧 청견에게서 전서를 받아들었다.

평범한 전서에는 특별할 것이 없었다. 그러나 적힌 내용은 그리 간단한 것이 아니어서, 사마종은 바위에 앉아 몇 번이고 다시 살폈다.

청견은 마른 침을 겨우 삼키고서, 사마종의 고요한 모습에서 눈을 떼지 못했다.

가히 일대검종을 마주하는 천고의 기연이다.

가슴이 절로 뛰는 것은 어쩔 수 없었다. 그 또한 화산문하로서 검로에 선 검인이 아닌가.

강호에서는 말한다.

화산은 도문 이전에 검객이 있고, 무당은 검객 이전에 도인이 있으니. 그것이 곧 양대도문검파(兩對道門劍派)의 차이라고.

족히 십여 년 세월 동안 강호에 등장한 바가 없다고 하지만, 검백 사마종의 위명은 조금도 손상이 가지 않았다. 존경과 흠모의 눈빛이 강렬하게 일었다.

후배의 강한 눈빛을 받으면서도, 사마종은 크게 신경 쓰지 않았다. 그는 개방의 소식을 들으며 잠시 수심에 잠겨 들었다.

'이럴 수가 있는가.'

실로 안타까운 일이다.

큰 동요 없이 고요하였던 세월이 실상 깊고 격렬한 흐름을 숨기고 있을 줄이야. 강호의 앞날이나, 정세에 크게 관여한 바 없고, 그저 검법일로 속에서 스승의 자취를 따르고자 하였을 따름이다.

그러나 마도의 준동은 그 의미가 남달랐다.

적어도 그가 신검의 일문인 바에야, 결코 모른 척할 수 없는 일이다.

'속 편한 세월은 이제 끝이로군.'

사마종은 눈을 가늘게 뜨고서 홀연 몸을 일으켰다.

청견은 처음의 강한 눈빛을 잃었다. 어느 순간엔가, 묘한 기운에 감화되어서, 저도 모르게 눈가에 물기가 잔뜩 고여 있었다.

가슴이 크게 동요하여서 저도 모르는 슬픔이 가득 일었다.

'어? 왜, 왜 이러지?'

화산의 장제자로, 강호에 나선 경험은 그리 많지 않았지만 그래도 나름 경지를 이루었다고 자신하는 바였다. 그런데 이렇게 마음이 흔들리다니.

청견은 기억도 제대로 나지 않은 어린 시절, 부모의 손을 떠나던 순간이 고스란히 떠올랐다. 또 다른 세상으로 간다는 기대감이 가슴 한쪽을 차지했지만, 부모의 곁을 떠나면서 결코 메울 수 없는 빈자리가 크게 생겨났다.

화산의 수련은 고되어서 그 빈자리를 길게 품을 수가 없었건만. 퍼뜩 빈자리가 실감이 나고 몸서리치게도 슬퍼졌다.

청견은 저도 모르게 고개를 떨구었다.

그렁그렁한 눈물이 후드득 떨어졌다. 그때에 사마종이 자리에서 일어났다. 그는 잔뜩 움츠러든 청견을 잠시 보고는 고개를 흔들었다.

'이런, 이런.'

청견의 지금 모습은 상당히 위험한 지경이었다. 며칠이고 여기를 지키느라 심신이 쇠약한 와중에, 사마종이 잠시 드러낸 수심의 영향을 받고 말았으니.

내버려두면 심각한 지경에 처하고 만다. 자칫 주화입마에 들지도 모를 일이다.

사마종은 빈손을 휘익 내저었다. 그 한 수에 불현듯 주변에 격한 흐름이 일었다.

"흐업!"

청견은 엄습하는 찬바람에 급한 숨을 들이켰다. 그 순간, 사마종의 목소리가 다시금 뇌리를 흔들었다.

─지금 내 검심에 호응한 탓에 심령이 흔들리고 말았다. 심신을 바르게 하고, 심공으로 심맥을 보호하여라.

검심에 호응하다니. 이게 무슨 소리인가. 그러나 바로 머릿속을 파고드는 한 마디에는 기이한 힘이 있어서, 다른 생각을 할 겨를이 없었다.

청견은 부랴부랴 가부좌를 취하고는 전력으로 화산심공을 일으켰다. 육합신결(六合神訣), 화산의 가장 기본이면서, 또한 끝이라고 하는 심공이다.

그 견고함은 천하가 인정하는 바.

과연, 청견은 오래지 않아서 낯빛을 차분하게 정돈할 수 있었다. 새삼 마주하고 만 마음의 빈자리는 여전하였지만, 처음처럼 눈물이 마구 샘솟을 정도는 아니었다.

청견이 숨을 달래면서 고개를 들었을 때에는 이미 해가 저물 무렵이었다.

이곳, 신검동에 다른 기척은 없었다.

"아……."

그대로 떠나버리신 게다. 청견은 잠깐 허탈한 마음에 어깨를 축 늘어뜨렸다. 일세의 기연이라고 해도 좋은 순간을, 자신의 수양이 부족하여서 헛되이 보내버리고 만 듯하였다.

아쉬움을 금치 못하는데, 청견은 불현듯 자신의 몸이 어딘지 남다른 것을 깨달았다.

"아니, 이게?"

한참 심공에 집중할 때에는 미처 깨닫지 못하였건만, 다시 살피니 내공의 흐름이 전과 전혀 달랐다. 그 도도한 흐름 속에서 육합조양이 태를 달리 하였다.

'이, 이건, 이것은……'

육합의 기운을 두루 다독이면서 선천의 양기를 기른다. 이것을 정양(精陽)이라 한다.

동천에 새벽이 밝으오니, 조양(朝陽)이라 하고.

중천에 이르니, 천양(天陽)이라 하며.

서천에 닿아 낙조를 드리우니, 만양(晚陽)이라 한다.

조양, 천양, 만양이 다하면 이내 한밤이려나 육합이 만양하면 선도에 이르는 길이 열리고, 길에는 자줏빛 노을이 일어나니, 이를 곧 자하(紫霞)라 한다.

이것이 화산문하의 최고 절기, 자하공(紫霞功)이다.

청견은 십년 적공으로 천양에 막 이를 정도의 경지였는데, 지금은 만양에 이르러서 자하의 자취를 넘보고 있었다. 다른 무엇 때문일 리가 없었다.

검백이 손을 쓴 덕분이다.

청견은 부랴부랴 일어나서는 급히 주변을 둘러보았다. 황망한 두 눈에는 지금 낙조에 물든 산중운무와 닮은 흐린 붉은빛이 언뜻 일었다.

이제 경지가 깊어지면, 자줏빛으로 물들 터이다.

"아, 아아…… 이런 기연이라니."

그저 한 조각의 고언이나마 바랐을 뿐이거늘.

청견은 입술을 질끈 깨물었다. 어디인지 모를 일이거나, 그는 덥석 무릎을 꿇고 산지사방으로 거듭 대례를 올렸다.

그날, 천하제일검 검백이 은거를 깨고 일어섰다.

*　　　*　　　*

소명은 주먹을 쥐었다.

그의 손에 넝마 한 조각이 구겨졌다.

하북, 하남, 그리고 산서와 강남까지.

중원 각지의 일을 급하게 적은 개방의 전서였다.

모든 내용을 담아내지는 못하였으나, 천하가 한껏 술렁이고 있다는 것은 분명했다.

당장 여기 낙양에서도 가히 괴변이라고 할 만한 변고가 크게 일어나지 않았던가.

그에 비견할 만한 일이 동시다발적으로 일어났는데, 그 와중에도 일부라 할지라도 마도의 그림자를 걷어낸 것은 실로 대단한 일이다.

당금 강호에서 가장 큰 영향력을 지녔다고 할 수 있는 곳은 다름 아닌 무가련이다. 그곳 또한 큰 타격을 입어서, 주요한 상거래의 태반이 멈췄고, 가히 계산할 수 없는 피해가 일어났다고 했다.

소명은 때가 꼬질거리는 넝마를 손가락 사이에서 살살 매만졌다.

차츰 고민이 깊어져 갔다.

'등벽, 이 사람 같지 않은 작자가 대체 무얼 노리고……'

그가 아는 성마교의 좌현사는 목적한 바도 없이 움직일 자가 아니었다.

소명은 그의 고요한 풍모를 기억했다. 서로 악연으로 얽히지 않았다면, 정도와 마도를 구분할 것도 없이 좋은 인연으로 지냈을지도 모른다.

그러한 가정이야 어떻든.

소명은 천산의, 가장 험준한 계곡에서 성마교와 일대의 격돌을 일으켰다. 그때에 좌현사는 화염산의 성혈을 탐하였기 때문이었다.

그것은 자객불원이라는 이름을 막 알릴 무렵으로.

서천 무림에서도 그리 알려진 바가 없는 일이었다.

소명은 고개를 내저었다. 그때에야 어떻든, 지금의 등벽은 그리 호락호락한 자가 아닐 터였다. 아니, 그 이전부터 단단히 준비하였던 것일 수도 있었다.

성마교의 좌현사는, 불로불사(不老不死)라고까지 말할 수는 없어도 그에 버금가는 괴물이었다.

성마를 가까이 따르는 것은, 마도라는 것은 그런 작자들이었다.

소명은 구겨 쥔 넝마 조각을 등 뒤로 휙 던져 버렸다. 펄럭거리는 넝마는 한순간 불길에 휩싸여서 바닥에 떨어질 무렵에는 잿가루만 남아서 흩어졌다.

소명은 고개를 들었다.

월동문으로 조심스러운 기척이 다가왔다. 그림자가 먼저 길어졌다. 모습을 드러낸 그는 소천룡 회였다.

"소명 공."

"소천룡께서 직접 오시다니. 사람을 보내셔도 될 일인데."

"어디 그럴 수야 있겠습니까. 공의 청정을 방해하지나 않았는지."

"전혀 그렇지 않습니다."

소명은 자리에서 일어나, 잠시 멈칫하는 소천룡을 반겼다.

소천룡 회는 살짝 고개를 숙이고서 월동문을 넘었다. 이곳은 그의 집이나 다름없는 곳이련만, 오히려 그가 어려운 기색이었다.

소명은 그 모습이 잠시 의아했다.

일단 마주하고서 보니, 소천룡 회의 표정이 딱히 좋지가 않았다. 눈 아래에 음영이 짙었다.

무슨 사연이 있는 것인가. 아마도 조금 전에 불태워 버린 넝마 조각과 크게 무관하지 않을 듯하다.

소천룡 회는 어렵게 입술을 떼었다.

"소식은 들으셨는지요."

"예, 방금 개방 제자가 왔다 갔지요."

무슨 소식이냐고 번거롭게 묻는 일은 없었다. 소명은 태연하게 답했다.

천룡의 저택으로 개방 거지가 들락거린다는 것은, 집주인에게 불편할 법도 한 일이다. 그래도 소천룡은 고개를 끄덕였다.

"그렇다면 제가 길게 말씀드릴 것도 없겠군요."

"무가련의 상태는 어떠하답니까? 일이 벌어졌고, 어찌 수습하였다는 것 정도만 들었습니다."

"그것이 좋지 않습니다. 섬서백가는 가문의 상단이 무너졌고, 안휘남궁은 상선의 절반을 잃었다고 하더군요. 그래도 두 가문은 팽가에 비하면야……"

두 가문이 잃은 것은 고작해야 가산(家産)의 일부 정도였다.

하북의 팽가는 아주 큰 손실을 당하고 말았다. 아마도 다음 무가련의 회합에서 팽가의 도객을 보는 일은 십수 년

내에는 어려울 듯하였다.

"팽가가…… 그렇군요."

"무엇보다 사람을 크게 잃었습니다."

소천룡 회는 고개를 흔들었다. 차분하게 말하였지만, 그 피해는 놀라울 정도였다.

다른 피해는 굳이 말할 것도 없다.

가주 직속인 호왕대, 한 명, 한 명이 절정도객만이 모였다고 하는 막강한 무력이다. 그런 호왕대가 전멸하였다.

하북을 암중에 어지럽히던 사교의 무리와 같이 분사한 것이다.

십여 년이 아니라, 삼십 년 세월이 흐른다 하여도 회복하기가 어려운 전력이었다. 무엇보다 가문의 사람을 잃었다는 것이 제일 뼈아픈 일이었다.

그것은 가문의 뿌리가 크게 상한 것이나 다름없었다.

섬서백가와 안휘남궁은 피해를 보았다고 할 수도 없는 일이었다.

다른 가문, 지난 몇 달 사이에 그만 움츠러들었던 광동 육가과 호남황보는 용케도 화를 면하였으니, 그것도 천운이라면 천운이었다.

소명은 무가련의 사정에 가만히 귀 기울였다. 이렇다면, 하북 쪽의 무가련은 그 틀이 느슨해졌다고 봐야 했다. 당장이야 무가련이 무너지거나 흐트러지지는 않겠지만, 마도의 준동이 확실해진 지금에는 어찌 될지 모를 일이다.

외인에게는 하기 어려운 말이었지만, 소천룡 회는 소명에게 숨기는 바가 전혀 없었다.

가만히 듣다가, 소명은 고개를 들었다. 그는 얼핏 미소를 머금었다.

"듣다 보니, 어째 소천룡께서는 저에게 따로 할 말이 있으신 모양입니다."

"예, 그렇습니다. 소명 공. 감히 어려운 일을 청하고자 합니다."

"어려운 일이라. 그것참."

소명은 혀를 찼다. 무슨 대단한 일이라고, 천하의 소천룡이 직접 어려운 일이라고까지 하는 건가.

불편하기보다는 의아하다.

"본가에서도 근자에 벌어지는 사태가 심상치 않다고 판단하였습니다."

"그래서요."

"천룡이 일어날 때가 되었다는 것이지요."

"천룡세가가 문을 여는 겁니까? 강호로서도 다행한 일입니다."

강호 활동은 자제하고 있어 그렇지, 천룡가의 저력은 끝이 없었다. 무가련의 주축인 다섯 가문, 신주오가를 다하여도 겨우 비할 만하다던가.

그런 천룡이 오래 숨죽이고 있다가 다시금 강호로 나선다고 하니.

마도가 언제 어디서 수작을 부릴지 모를 상황에서는 참으로 반가운 소식이었다.

"그런데……"

소천룡 회는 소명의 웃음에 마주 웃을 수가 없었다. 그는 한층 어려운 기색으로 입술을 지그시 깨물었다. 참 난처한 얼굴이다.

"무슨 일입니까?"

"가주의 자리가 비어 있으니 문제입니다. 가주지령이 없고는 천룡세가는 세상으로 나설 수가 없지요. 그것은 천룡의 여러 어른의 뜻이라 하여도 도리가 없습니다."

"그렇군요."

소명은 잠시 의아하였다가 곧 고개를 끄덕였다. 그럴 수도 있겠다.

천룡세가가 아무리 막강하고, 부유하다고 해도, 중심이 되는 자가 없이는 제대로 뜻을 이룰 수가 없을 터이다. 소명은 사뭇 심각하여서 고개를 끄덕였다.

문제의 가주는 이곳 대저택의 찬 바닥에 아직도 누워 있는 처지이지 않은가.

이지(理智)는 돌아온 모양이었지만, 그가 천룡가주의 권위를 다시 세울 정도로 회복하려면 아직도 한세월은 필요할 터였다.

"그것참."

난처한 일이다. 소명은 어렴풋이 소천룡 회의 심정을 짐작하고서 가만히 고개를 끄덕였다. 그러나 그는 헛다리를 짚은 셈이었다.

정말 난처한 것은 천룡대야의 안위만이 아니었다.

"본가에서는 아직 부친대인의 용태를 알지 못합니다. 그들은 천룡의 후계를 빨리 결정하고자 합니다."

"천룡세가의 후계는 꽤 신중해야 할 일이 아닙니까?"

"신중함이 과하면 때를 놓친다고 보는 게지요. 그래서 소명 공께 이리 말씀을 드립니다."

"아니, 천룡가의 후계와 제가 무슨 관계가 있다고."

소명은 더 모를 일이었다. 당연한 물음이었다. 소천룡 회는 차마 자신의 입으로는 더 말할 수가 없었다.

"이것을."

그는 한 통의 첩지를 조심스럽게 내밀었다.

풍운첩, 용트림하는 바람과 구름이 어지럽게 새겨져 있었다. 천룡세가에서 쓰이는 첩지였다.

사뭇 묵직하였는데, 소명은 섣부르게 첩지를 펼치지 않았다. 그는 풍운첩과 소천룡 회의 안색을 번갈아 살폈다.

"뭔가…… 뭔가, 께름칙합니다만."

"하, 하하."

회는 고개를 들지 못했다. 어색한 웃음이 맴돌았는데, 그것이 더욱 불길하다.

소명은 다시금 석탁 위에 덩그러니 놓인 풍운첩을 물끄러미 보았다. 앞머리 너머로 언뜻 드러나는 눈빛에는 껄끄러운 기색이 역력했다.

풍운첩에서는 마치 검은 기운이 슬금슬금 일어나는 듯했다.

그렇다고 언제까지 덮어두고 있을 수만도 없었다. 소천룡 회가 가만히 자리를 지키고서, 기다리고 있었다.

소명은 한숨을 삼키고서, 정말 내키지 않는 느낌으로 손을 뻗었다.

첩지를 펼치자, 참으로 유려한 필체가 드러났다. 그리고 참 격식을 차린 인사말이었고, 다음이 문제였다.

소명은 찬찬히 첩지의 글을 읽고는 절로 눈살을 찌푸렸다. 턱에 힘이 들어갔다. 입술을 지그시 깨무는 모습에는 난처함이 그대로 드러났다.

"이거야 원……."

"면목이 없습니다. 소명 공."

"소천룡께서 미안할 일은 아니겠지요. 다만, 더욱 이해하기가 어렵습니다."

소명은 소리 나게 첩지를 닫았다.

아무리 소림사의 용문제자라고 하지만, 아직은 중원 강호에서는 그 경험이 일천하다고 할 수 있었다.

그런데 지금 천룡세가에서는 극공의 예를 다하여서, 소명을 청하고 있었다.

풍운첩에서 말하기를.

인세가 크게 혼란하여, 때 이르게 천룡의 문호를 다시 열고자 하니. 천하의 귀인(貴人)을 청하여서 고언을 받고 싶다고 하였다.

이것은 단순한 초청이 아니었다. 천룡의 문호를 다시 열겠다는 것은 비어 있는 천룡대야의 자리를 급하게 결정하겠다는 것이다.

그야말로 일문, 일가의 앞날이 걸려 있는 일이었다. 더구나 천룡세가였다. 소명은 얼마 전에야 알았지만, 강호제일의 명문이라고 하여도 과언이 아니라 하지 않았던가.

그런 곳에서 그런 일로 외인을 청하다니.

소명은 덮어버린 풍운첩을 보다가 고개를 흔들었다.

"크흠."

불편한 헛기침을 억지로 터뜨렸다. 앞에 소천룡이 없었다면 아까의 넝마처럼 처리해 버렸을 것이다.

"거참, 제가 또 무슨 귀인이라고. 이렇게 구구절절하게……."

"별말씀을 다 하십니다. 지금 강호의 풍문을 듣지 못하신 모양이군요. 개방에서 말이 없었습니까?"

"풍문? 개방에서 말이라니. 그게 무슨 소리요?"

알 듯 모를 듯한 말이다.

그러자 소천룡 회는 이제까지와는 사뭇 다른 의미로 쓴 웃음을 머금었다.

"지금 강호는 천하육절, 육대 고수를 말하고 있습니다."

검백(劍伯) 사마종(司馬佺)

만천옹(滿天翁) 허유(許惟)

월부대도(月斧大刀) 노장시(盧帳示)

증장천왕(增長天王) 무운(無雲)

철판관(鐵判官) 치외수(治嵬戌)

그러한 천하의 오대고수에 이제 한 이름을 더 하였다. 그것이 바로 권야(拳爺).

천하 오대고수가 이렇게 육절이 되었으니.

소명은 눈을 한 번 깜빡거렸다.

아니, 이게 무슨 소리야. 그는 괜히 콧대를 긁적거리고, 잠시 다른 데로 눈을 돌렸다.

한참 딴청을 부렸지만, 이렇게 계속 모른 척만 하고 있을 수는 없었다. 그는 크게 숨을 삼켰다. 그리고 여전히 쓴웃음 짓는 소천룡 회를 바라보았다.

"설마 그 육절이……."

"왜 아니겠습니까. 만천옹께서 아주 널리 널리 퍼뜨리시는 모양이더군요."

"이런."

소명은 질끈 입술을 깨물었다. 난처함도 이렇게 난처할 데가 없었다. 딱히 명성을 바란 적은 없었다. 소림사의 용문제자, 그 하나로 충분하다.

그런데.

육절이라니. 이리 난감할 때가.

"소림의 용문제자라는 이름도 이름이지만, 만천옹이 인정한 고수라는 것이 더욱 크게 작용하였지요."

"하아, 그 노선배도 참."

소명은 참다못해서 한숨을 길게 내뱉었다.

아무리 생각해도, 좋은 뜻으로 벌인 일은 아니다. 어디 한번 당해 보라는 심보가 절로 짐작이 갔다.

"아이고, 골치야……."

소명은 머리를 잡고 고개를 흔들었다.

고개 숙인 소천룡 회는 그런 소명의 모습에 지그시 입술을 깨물었다. 다시금 이는 웃음을 어찌 감추려고 애썼다.

강호의 누구라도 바라마지 않는 위명이다. 갈망한다고 닿을 수 없고, 마다한다고 멀어지는 것이 아니었다. 그것이 천하를 논하는 고수의 경지였다.

더욱이 소명은 갓 이립을 넘긴 터라, 젊다면 한참 젊은 나이가 아니겠는가.

가장 이른 나이에 천하의 고수로 손꼽힌 검백 또한 이립의 나이에는 그 정도 무명을 이루어내지는 못하였다.

천하의 으뜸가는 검객 중 한 사람으로 평가받았을 뿐이다.

헌데, 소명은 만천옹을 마주하기가 무섭게 오대고수와 대등하다 하여서, 육절의 칭호를 받았으니. 어찌 놀랍지 않을까.

'어찌 보면 권야 공다운 모습일 수도 있겠군.'

이미 서천 무림에서는 못지않은, 아니 전설이라고까지 일컫는 권야였다.

마주 앉은 소천룡이 그렇게 속으로 감탄하고 있을 때, 소명은 정말 골머리를 앓는 중이었다.

육절, 오대고수라는 이름이 이제는 천하육절이라고 불린다니. 용문제자라는 이름만도 부담이건만. 이건 한술 더 뜬 모양이다.

소명은 이내 마음을 다스리고서 머쓱한 기색의 소천룡회를 물끄러미 보았다.

"그래, 육절이니 청한다는 뜻입니까?"

"그도 있겠지요."

"하아…… 언제가 되었든, 천룡의 가주께서 일어나실 터인데."

"원로들은 그때까지 기다려 줄 리가 없지요. 무엇보다 알릴 수도 없는 일입니다."

"아아……."

"가내의 일이라서, 참으로 민망합니다."

"아아아……."

소명은 연신 앓는 소리를 쥐어짰다. 말로는 민망하네, 죄스럽네 하지만, 기어코 청할 작정인 모양.

소천룡은 조금도 물러나지 않았다. 소명은 벌린 입을 다물었다. 그러고는 허리를 꼿꼿이 세우고서, 흔들림 없는 소천룡을 누르듯이 바라보았다.

헝클어진 앞 머리카락이 눈가를 덮고 있었지만, 사이로 안광은 언뜻 드러났다. 참 따가운 눈초리였다. 그는 입매를 비틀었다.

"소천룡도 한 고집 하시는구려."

"아하하하."

맥 빠진 목소리. 소명은 결국 두 손을 들었다. 여기서 더 고집만 부리기도 어렵다.

누구 핏줄인지 정말 명확했다.

소명은 거칠게 머리를 긁적거렸다. 이 판국에 귓가에서는 모깃소리처럼 마구 앵앵거리는 소리가 있었다.

'그렇지, 저놈이 어렸을 적부터 고집이 참 대단했어. 나도 어찌할 수가 없었단 말이지. 그 녀석 참. 조금 융통성이 있어도 좋을 텐데. 뭐, 우리 궁가의 가풍이라고 할 수도 있겠지. 허허허.'

'......'

하이고, 좋다고 웃는다.

억지로 치켜든 소명의 입꼬리가 바들바들 떨렸다. 이 목소리는 듣는 사람 심정이야 어떻든 혼자 들떠서 마구 떠들었다.

'참으로 대단하지 않은가. 권야, 권야라. 이야, 나도 감히 이름을 올리지 못한 오대고수의 반열인데. 정말 어지간하군. 그렇지 않나?'

소명은 앞에 앉아 있는 소천룡 회의 민망한 얼굴을 더

볼 수가 없었다. 지금 입을 열면 오만 욕설이 튀어나올 것만 같았다. 그는 두 손으로 얼굴을 덥석 움켜쥐었다.

　이게 다 누구 때문에 벌어지는 일인데.

제6장

궁가(宮家)의 풍운(風雲)

　산서의 어느 마을. 마른 바람에 누런 황토가 잔뜩 실려
서는 이리저리 흔들렸다. 그곳으로 개방 거지 하나가 헐레
벌떡 뛰어왔다.

　쉴 것도 없이 마을로 들이닥치더니, 이내 철퍼덕 엎어졌
다.

　"아이고, 아이고오, 죽겠다."

　거지는 헐떡거리면서 코와 입을 가린 때가 가득한 수건
을 끌어내리면서 겨우 숨을 몰아쉬었다. 앓는 소리는 괜한
엄살이 아니었다.

젊은 거지는 낙양에서부터 산서의 여기까지 겨우 닿았다.

거리는 멀다고 할 수 없어도, 길은 험하기 이를 데가 없었다. 그곳을 한숨도 돌리지 못하고서 정신없이 달렸으니.

거지는 느릿하게 몸을 일으켰다.

일단은 거지인지라, 흙먼지를 잔뜩 뒤집어썼다고 해서 딱히 달라질 것은 없었다. 그저 마른 입술이 터졌고, 눈 아래와 두 볼이 홀쭉했을 뿐이었다.

거지는 누런 장죽에 몸을 기대고는 한참을 헐떡거렸다. 그리고 시정 구석에 놓인 이름 없는 노점을 빤히 바라보았다.

저곳이 거지가 목적하는 곳이다.

바들바들 사지를 떨어대면서 들어서는 모습이 그리 안쓰러울 수가 없다.

하지만 여기 인심이 그리 좋지는 않은 모양이었다.

"아니, 어디 거지새끼가 함부로 기어들어와!"

버럭!

짜증이 솔직한 욕설과 함께 한 바가지의 구정물이 철썩 얼굴을 때렸다.

거지는 그 구정물을 그대로 뒤집어쓰고서는 잠시 눈을 끔뻑였다. 그는 제 꼴을 잠시 살폈다. 흐르는 검은 물은 구정물인지, 아니면 자신의 몸에서 흐르는 때인지.

하여튼 거지는 좌우 콧구멍을 흥, 흥! 힘차게 풀어내고 는 씩씩거리는 객잔 점원을 향해서 몸을 기울였다.

"거, 인심 사납네. 뭐 구걸하러 온 것은 아니오만."

"거지가 구걸이 아니면?"

"쩝, 여기 계신 선자께 소식 전할 것이 있어서 왔다오."

"선자?"

점원은 바로 이해하지 못한 얼굴이다. 말상의 점원은 눈 을 느리게 끔뻑거렸다. 거지는 고개를 한 번 흔들고는 서 서히 굽은 등을 세우고, 가슴을 펼쳤다.

그러자 새삼 기세가 일었다.

"개방제자 고척이오. 산주의 전서를 가지고 왔소이다."

큰 소리는 아니었지만, 공력이 실린 목소리는 또렷하게 울렸다.

꽈당! 우당탕!

뭔가 박살 나는 것처럼 큰 소리가 터졌다. 어디서 나는 소리인지, 천막 올린 노점이 그대로 무너질 듯했다. 그리 고 다른 곳에 맞닿아 있는 점포에서 몇 사람이 불쑥 나타났 다.

그들 중 한가운데에 타는 듯한 붉은 옷의 중년 여인이 있었다.

날카롭게 솟은 눈썹 아래에 맺힌 눈빛이 살벌할 정도였다. 거지 고척은 마른침을 한 번 삼켰다. 그녀의 모습을 보기가 무섭게 당부로 들은 홍화선자라는 것을 바로 알아차릴 수 있었다.

"화염산의 육대산인, 홍화선자이시지요."

"그렇네."

"후배는 개방의 고척이라 합니다."

"인사치레는 나중에."

"예, 예, 그러합지요."

고척은 분주히 품을 뒤적여서는 둘둘 말아놓은 넝마 뭉치를 꺼내 들었다. 그것을 펼치자, 안쪽에는 비단의 권자(卷子)가 있었다.

비록 넝마로 감쌌지만, 비단 권자는 멀끔했다.

"흐음."

홍화선자는 눈썹을 한차례 꿈틀거렸다. 개방에서 나름 신경을 쓴 것인가.

그녀는 싫은 기색 없이 비단 두루마리를 펼쳤다. 비단 위에 백지를 덧대었고, 그 자리에는 괴발개발, 아무리 그래도 잘 썼다고 할 수는 없는 문자가 어지럽게 남아 있었다.

"큼, 크흠!"

이거야말로 산주의 솜씨이다. 누가 흉내 내려고 해도, 흉내 낼 수가 없는 악필.

홍화선자는 헛기침을 흘렸다.

나중에라도 꼭 글씨 연습을 시켜야겠다고 다짐하고는, 선자는 악필을 집중해서 읽었다.

홍화선자의 얼굴은 그때부터 점점 변하기 시작했다. 처음에는 안도한 사람처럼 한숨을 흘렸다가, 이내 노하여서는 눈썹을 한껏 치켜들었다.

그렇게 번갈아서 눈썹이 위아래로 들썩거리다가, 급기야는 비단 전서를 힘주어 구겨 버렸다.

"으아악! 산주우우! 이러시면 아니 됩니다!"

홍화선자는 정말 처절함이라고밖에 말할 수 없는 울부짖음을 크게 터뜨렸다. 동시에 발한 강렬한 기파가 사방으로 퍼졌다.

으아아악!

끼야아악!

어디 할 것 없었다.

산서의 외딴 시정에 마치 포탄이라도 떨어진 것처럼 난리가 일었다.

마른 먼지가 따갑게 솟구쳤고, 노점은 당연히 쓸려나갔고, 가까이에 있는 점포도 덩달아서 무너질 것처럼 들썩였다.

그 기파를 졸지에 정면에서 받은 개방 거지, 고척은 잠시 멍한 얼굴로 몸을 움츠리고 있었다. 그는 바르르 몸을 떨면서 이내 씨근덕거리는 홍화선자를 빤히 보았다.

자신이 일으킨 모래먼지 속에서, 선자는 두 눈에 붉은 불길을 달고 있었다.

'과, 과연…… 서천신비…….'

"쿠에엑!"

감탄은 정말 잠깐이다. 고척은 당장에 선홍의 핏물을 고대로 쏟아내고는 앞으로 고꾸라졌다. 그만큼이나 홍화선자가 일시에 드러낸 기파는 살인적이었다.

고척은 자기가 토해낸 핏물에 고개를 처박고는 움찔, 움찔, 팔다리를 떨어댔다.

어느 가을날, 산서의 구석에서 일어난 일이었다.

* * *

소명은 한숨을 가만히 흘렸다. 사뭇 기이한 일을 당하여서, 좀체 없는 난처한 반응이었다.

"후우, 나 이거야 원."

그는 뒷머리를 벅벅 긁적이며 앉은 자리를 두리번거렸

다.

그는 지금 창 하나 없어서 사방이 단단히 막혀 있는 마차에 앉아 있었다. 그리고 바로 옆에는 아함이 찰싹 달라붙어서 떨어지지 않았다.

이것이 무슨 상황인가.

말하자면, 풍운첩에 응하겠다고 말하기가 무섭게 모든 준비가 갖추어져서는 새벽 어스름이 오기도 전에 낙양을 떠나게 된 것이다.

번갯불에 콩 구워먹을 일이다.

더구나 지금 앉아있는 마차는 또 무언지.

말이 힘껏 달리고 있었지만, 요동은 거의 없다시피 했다. 고요한 호숫가에 놀이 배라도 띄워놓은 것처럼 느긋했다.

앞뒤, 좌우로 널찍하여서 한껏 드러누워도 될 정도였고, 자리에는 상질의 양가죽을 깔아놓았다. 안락하기 이를 데가 없었다. 그러나 창 하나가 없어서, 그게 기이했다.

채광을 따로 신경 쓴 탓에 내부는 밝았지만, 밖을 볼 수는 없었다.

'별 이상한 마차를 다 보겠네.'

"헤헤헤, 상공."

그는 더 고민할 수가 없었다. 멍한 웃음을 흘리면서 한층 들러붙는 아함이 문제였다. 그녀는 눈을 꼭 감고서, 소명의 팔에 얼굴을 힘껏 비벼댔다.

"그만 좀 해라. 네가 개냐, 고양이냐. 왜 이렇게 들러붙어."

소명은 참다못해서 억지로 팔을 떼어냈다. 그러자 아함을 두 볼을 잔뜩 부풀렸다.

"피이, 또 떨어질까 봐. 그렇지요."

아함은 등받이에 몸을 푹 파묻고서 툴툴거렸다. 그러면서 자리의 양가죽을 쓸어내렸다. 하얀 손가락이 풍성한 양털을 배배 꼬아댔다.

입술을 잔뜩 내민 모습이 골이 나도, 단단히 난 모양새였다.

한참 어린 녀석이 언제 이렇게 커서는, 또 이렇게 앙탈이란 말인가.

소명은 기가 찼지만, 더 뭐라고 말하기도 껄끄러웠다. 어지간해야 무슨 말이라도 할 터이다. 한숨 삼키고서 고개를 돌렸다.

그것도 잠깐, 소명은 고개를 흔들었다. 이 안에서는 달리 눈길을 둘 곳도 없었다. 괜스레 거친 손짓으로 머리카락을 헝클어뜨렸다. 그 사이에, 아함은 또 은근슬쩍 다가와서는 살짝 기대었다.

처음처럼 들러붙는 것은 아니어서, 그냥 놔두었다.

"히힛!"

마차는 참 조용하게 달렸다.

흔들림도 적었고, 바깥의 소음도 멀었다. 그래도 상당히 빠르게 달리고 있다는 것은 느낄 수 있었다. 대관절 천룡세가는 중원 천지 어디에 박혀 있길래 이렇게까지 손을 써 놓았는지.

소명은 마차 앞에서 사뭇 민망한 얼굴로 기다리던 두 소천룡의 얼굴을 떠올렸다.

그래도 과는 당당하여서 가슴을 활짝 펴고 턱을 치켜들었지만, 회는 슬쩍 고개를 돌려서 외면했다.

형제라는데 이리 다른가.

'참 독특한 사람들이야.'

다른 어둠이나, 비틀림은 딱히 보이지 않았다. 어느 한쪽이 일방적으로 경쟁심을 불태우고 있었지만, 딱 거기까지였다.

무가련의 젊은 영재들이 모이는 회합에 참석한 바로는 누구랄 것 없이 어딘지 배배 꼬인 자들이 여럿이었다. 그나마 남궁가의 남궁유가 제법 괜찮은 인상이었다.

불현듯, 소명은 턱을 치켜들었다.

남궁유를 생각하자, 자연스럽게 당민이 떠올랐다. 남궁가에서 사천 당가와의 관계를 돈독히 하고자 애쓴다는 것을 듣지 않았던가.

산서에서 아청을 살살 놀리기는 하였지만, 막상 어찌 되었을는지는 모를 일이었다.

'흐음, 남궁가에서 꽤 공을 들이는 것 같던데…… 아청 녀석, 어쩌하려나.'

소명은 픽, 짧은 웃음을 흘렸다. 그는 곧 소화촌의 네 친구를 가만히 그려보았다.

등용문의 문주가 된 호충인, 강시당주 탁문수, 사천당가의 녹면나찰 당민에다가, 이제는 십삼황자라고 하는 아청까지.

소명은 슬쩍 입술을 깨물었다.

마도의 소란으로 누구 하나 힘겹지 않은 이가 없었다. 황실에서 일어난 일 또한 마도의 냄새가 강하게 일었으니.

처처에 마도의 그늘이 짙었다.

소명은 그러다가 눈을 가늘게 떴다.

앞뒤가 없는 생각이었지만, 그렇다고 아주 터무니가 없지도 않을 것 같았다.

지금 천룡세가로 가는 일에도 어떠한 예감이 들었다.

어느 곳이든, 언제이든 마도의 그림자가 숨어 있었다.

지금 천룡세가라도 아니라고 할 수 있을까. 소명은 아무래도 쉽게 넘길 수가 없었다.

"긴장 좀 해야겠군."

'무얼? 무얼 긴장한다는 게냐?'

또, 또 시작이다.

툭 던진 혼잣말을 바로 받아서는 뇌리로 목소리가 파고들었다.

소명은 눈을 질끈 감았다.

능광인지, 무광인지.

망할 심어지경을 다시 발동한 것이다. 소명의 속내야 어떻든, 노인의 목소리는 계속해서 윙윙 울렸다.

"아무것도 아니오. 그래 대야께서는 몸이 어떻소?"

'뭐, 그냥 저냥이네만. 핫핫핫, 공노가 애써주고 있지. 히야, 그도 그렇지만. 드디어 본가로 가는구면. 그 세월이 대체 몇 년인지…… 음, 아무래도 모르겠군.'

천룡대야는 지난 세월을 잠시 헤아리려다가 바로 관두었다. 그러고는 소명에게 들뜬 어조로 천룡세가의 전경을 줄줄 풀어내려 했다.

"아니, 뭐 묻지도 않은 말을……."

'거, 서운하게. 가만 좀 들어보게. 천룡세가가 자리한 곳은 말이야.'

'하아……'

소명은 한숨을 삼켰다.

이건 뭐 밑도 끝도 없는 일이다. 소명은 이야말로, 천룡세가의 가풍일지도 모르겠다고 생각하면서 입술을 지그시 깨물었다.

덜커덩.

내내 조용하게 달리던 마차가 한차례 크게 들썩거렸다. 그 서슬에 아함이 퍼뜩 고개를 치켜들었다. 어느 틈에 잠들었는지, 아함의 큰 눈동자는 반쯤 감겨 있었고, 졸음이 덕지덕지 붙어 있었다.

나른한 그녀 얼굴은 흡사 양광 속에서 퍼뜩 잠에 깬 고양이와 닮아 있었다.

"아음……."

아함은 나른한 신음 한 번 흘리고서, 동그란 어깨를 한껏 끌어당겼다. 그러고는 자신을 빤히 보는 소명을 향해서 배시시 웃어 보였다.

"헤헤, 상공."

"잘 잤냐?"

"네에."

"그래, 잘 잤다니. 되었네."

소명은 어째 지친 목소리였다.

아함은 눈을 동그랗게 뜨고서 고개를 갸웃거렸다. 아닌게 아니라, 볼이 한층 홀쭉하게 보였다.

아무리 멀고 험한 길이라 하여도, 이 정도로 지칠 소명이 아니다. 더욱이 앉은 자리는 편안하기 그지없는 마차가 아닌가.

그래, 아함은 꿈에도 알 수가 없었다.

소명의 머릿속에서는 천룡대야의 들뜬 심어가, 천룡세가의 아름다운 광경에 대하여서, 벌써 세 차례나 반복해서 설명하고 있었다.

'이, 이제 되었지 않소. 그만 좀 하시오.'

'아직 다 못 하였네만……'

감정이 절로 실렸다. 따가운 대꾸에 천룡대야는 시무룩하여서 말끝을 흐렸다. 아쉬워하는 기색이 역력했다. 그렇다고 언제까지 계속 들어줄 수도 없었다.

'이제 도착하지 않았소. 내 눈으로 직접 볼 테니. 이쯤 해두시오.'

'어, 어험험. 그도 그런가.'

억지 헛기침이다. 소명은 고개를 흔들었다. 그날의 앙금은 아직도 맺혀 있건만.

낯짝이 두꺼운 것인지, 아니면 그런 생각이란 게 아예

없는 모양인지. 천룡대야는 하루 만에, 아니 반나절 만에 다시 말을 붙이기 시작했다.

심심하고, 무료하다는 것이 제일 큰 이유였다. 혼자 열심히 떠드는 것이 실로 두려울 정도였다.

"후우……."

소명은 그렇지 않아도 요새 한숨이 부쩍 늘었다는 것을 절실히 느끼면서 고개를 가로저었다. 그러다가 문득 의아함과 걱정이 가득한 아함의 눈길을 느꼈다.

"상공, 왜 그러셔요."

"아니, 아무것도."

아무것도 아닌 것이 아니건만, 또 고개를 흔든다. 아함은 그 모습에 뾰루퉁하여서는 입술을 잔뜩 내밀었다. 골이 단단히 난 표정이다.

"그 노인네 때문이지요?"

아함은 자리에 고쳐 앉아서는 불쑥 물었다. 소명은 쓴웃음을 짓다가, 멈칫했다. 아함의 모습이 새삼스럽다. 머뭇거림으로 답은 충분하여서, 그녀는 덥석 팔짱을 끼고는 볼을 잔뜩 부풀렸다.

"노인네, 정말 고마운 줄도 모르고."

"제법 예리한 데가 있다, 너."

"흥!"

그녀는 뾰족하니 날선 눈초리 휙 고개를 돌렸다.

마차의 뒤편 어딘가를 꿰뚫는 눈초리이다. 그녀는 뽀득 입술을 깨물더니, 사뭇 험악한 어조로 말했다.

"확 태워버릴까요? 정신이 번쩍 들게 말이에요."

괜히 하는 말이 아니다. 마차 안의 공기가 점점 달아오르기 시작했다.

"하하, 아서라. 아서."

"그래도, 상공."

"뭐, 외로운 노인네의 투정 정도는 받아줘야지."

소명은 마른 웃음이라도, 하하 웃으면서 손을 내저었다. 그는 자신을 대신해서 골을 내는 아함의 머리에 손을 척하고 올렸다.

"천룡세가 일이 마무리되면 그만하고 산으로 돌아가. 선자의 속이 까맣게 타다 못해서, 썩어 문드러지게 생겼다."

"피이, 상공 말씀대로 소식은 전했잖아요, 뭘. 홍화는 맨날 얌전히 있으라고만 한단 말이에요."

아함은 열기를 거두고서, 제 나이 또래처럼 투정을 부렸다. 그래도 머리를 다독이는 소명의 손짓을 피하지는 않았다.

마차 문이 열리면서 환한 빛이 기다렸다는 듯이 쏟아져

들어왔다. 그리고 누군가의 그림자가 길게 드리웠다.

"도착하였습니다. 권야 공."

공손한 그는 뜻밖에도 혁련후였다.

이제는 제법 멀끔한 낯빛으로, 그는 검은 장포를 뒤로 날리면서 두 손을 맞잡았다. 그 뒤로는 낙양에서부터 같이 온 뭇 잠룡들 그리고 흑백 양당의 고수들이 질서정연하게 늘어섰다.

소명은 그들 모습을 흘깃 보고는, 달리 할 말도 없어서 묵묵히 마차 밖으로 나섰다.

두 소천룡이 조용한 기색으로 서 있었다. 둘의 얼굴은 어딘지 복잡했다.

머리 위에 내리는 햇볕은 밝았고, 이는 바람은 청량하다. 그런 가운데에서 침묵하는 수백 무인의 기세는 장중하게 퍼져갔다.

절로 긴장을 불러일으키는 모습이었다. 그러나 전혀 신경 쓰지 않는 사람은 어디고 있는 법이었다.

"마차가 죽이네. 이거 하나면 얼마쯤 하려나?"

경망스러운 목소리가 울렸다. 누구겠나. 당연하다면 당연하게도 위지백이다.

그는 천룡세가의 검은 마차를 탕탕 두드리면서 여기저기를 기웃거렸다. 좌우로는 장관풍과 도기영이 사뭇 부끄러운 낯이었지만, 차마 위지백을 만류하지는 못했다.

다른 마차를 타고 온 터여서, 미처 알지 못했지만, 그곳에서도 한 번 소란이 있었던 모양이었다.

둘의 얼굴이 한층 피로했고, 덩달아서 흑백양당의 두 당주도 마찬가지였다.

위지백이 어지간히 난리를 부린 것이 분명했다.

소명은 고개를 한 번 흔들었다. 여전히 천룡세가의 마차를 탐나는 눈으로 보다가, 위지백은 고개를 돌렸다. 새삼 주변을 보는 눈초리가 의심스럽다.

"여기에 뭐가 있다고, 다 왔다는 거요?"

"하하, 곧 문이 열립니다. 위지 대협."

"엥? 문? 여기 문이 어디에 있다고?"

위지백은 어리둥절하여 사방을 두리번거렸다. 마차 여러 대가 줄지어 서 있는 곳은 참 용케도 마차를 끌고 들어왔다 싶을 정도로 깊은 심산유곡(深山幽谷)의 한복판이다.

여기 어디에 열릴 문이 있다는 거냐. 고개를 다 두리번거리기도 전이다.

허공이 갈라졌다.

마치 드리운 장막을 좌우로 걷어내는 것처럼. 그리고 그곳에는 너른 땅이 눈앞에 펼쳐졌다. 산정에 가까운 이곳에 장대한 분지가 홀연 나타났다.

드높은 기암괴석을 병풍처럼 둘렸고, 그 아래로는 녹음이 짙었다.

조금도 느끼지 못하였건만, 이러한 광경을 세상으로부터 숨길 줄이야. 그리고 복판에 천룡세가가 드넓게 자리를 잡고 있었다.

"허어."

누군가 입을 열면, 헛웃음이 계속해서 흘렀다. 별유천지(別有天地)라는 말이 혹여 여기를 앞에 두고 지은 어구인지도 모르겠다.

위지백은 입을 꾹 다물고서, 연신 눈을 끔뻑거렸다. 정말로 문이 열렸다. 이곳의 일대 자체가 문인 셈이었다.

소명은 한 걸음 나서서 잠시 주변을 둘러보았다.

동서남북으로 사방 수만 리도 거침없이 달렸다. 하늘에 맞닿아 있다는 설산에도 올랐고, 끝도 없는 열사를 가로지르기도 했다.

하얀 빙산이 둥둥 떠다니는 얼어붙은 바다를 마주하기도 하였다. 그러나 이러한 광경이라니. 아름다운 풍광 사이에 우뚝 서 있는 천룡세가는 한 가문의 터전이 아니었다.

차라리 궁성(宮城)이라고 할 만했다.

하늘의 천궁이 저러할까. 웅장하며, 화려하다. 인세에

이런 곳이 또 있다면 황도의 자금성에 비할 법하다. 그러나 너른 성시 위에 자리 잡은 황궁과 심산유곡에 자리한 이곳과 어찌 비교할 수가 있겠는가.

인세에 이러한 곳이 있음도 놀랍지만, 하늘 아래에 감추고 있다는 것이 더욱 기가 막힐 일이었다.

새삼 놀랍다. 소명은 차분한 눈으로 풍광을 찬찬히 둘러보았다.

밝은 햇빛을 받아, 궁성의 무수한 처마가 황금빛으로 반짝거렸다.

"천룡세가라⋯⋯."

'어때, 대단하지?'

"예, 예, 정말 대단합니다."

아주 산통을 깨는 목소리였다. 소명은 그만 맥이 빠져서는 성의 없이 고개를 끄덕였다.

"이제 드시지요."

소천룡 회가 살짝 미소를 짓고는 일행을 이끌었다. 그도 살짝 긴장한 모습이었다. 흡사 신묘한 영역으로 발을 들이는 듯했다.

다들 사뭇 조심스러운 모습으로 걸음을 옮겼다. 와중에 아함은 콧등을 잔뜩 찌푸렸다.

"흥!"

천룡이니 뭐니, 그게 뭐 별거라고. 서천 신비, 화염산의 주인으로 그녀는 괜히 코웃음을 흘려댔다.

그들은 곧 천룡세가의 높은 문을 넘었다.

정문이 좌우로 활짝 열려 있었고, 그 자리에는 금색 수실로 장식한 장삼을 걸친 여러 무인이 좌우로 도열하여, 일행을 정중하게 맞이했다.

"소천룡!"

"소천룡!"

깊이 고개 숙인 그들을 보면서 소천룡 회와 과는 묵묵히 고개를 끄덕였다.

낙양의 주작대로에 못지않은 거대한 대로를 따라서 걸었다. 문을 넘고 또 하나의 문을 넘었다. 그래도 연이은 처마는 도무지 끝이 보이지를 않았다.

방정맞은 위지백도 이때에는 입을 다물었다. 그뿐만이 아니었다. 장관풍과 도기영도 주변을 살피기에 열심이었다.

그리고 따로 누구를 만날 것도 없이 바로 처소로 안내를 받았다.

외부인이지만, 세가의 가장 큰 손님으로서 마련한 귀빈관은 눈이 번쩍 뜨일 정도로 화려했다. 낙양 안가에서도 과하였지만, 이곳은 숫제 궁을 하나 그대로 내어준 셈이었다.

수장 높이의 천장은 아찔할 정도였다.

흑백양당의 두 당주 또한 이곳으로 뒤따랐다.

"응? 당신들은 왜?"

"두 소천룡께서 귀빈의 호위를 맡으라 하시었습니다."

"호위는 무슨…… 아…….."

쓸데없다 여겼지만, 소명은 곧 고개를 끄덕였다. 마차에서 내리는 여럿의 짐 사이에 가장 중요한 것이 있지 않은가. 소명은 고개를 돌렸다.

사용인들 사이로 허리 구부정한 노인이 조심조심 움직이고 있었다. 눈에 띄지 않으려고, 나름 애쓰는 모습이다. 소명은 쩝, 소리 한 번 흘리고는 어색한 두 당주에게 덕담이라도 한마디 했다.

"고생, 고생하시구려."

"하, 하하…….."

백검당주 사마청은 그래도 웃기라도 했다. 흑권당주 이충도는 그만 입술을 꾹 깨물고는 어깨를 한껏 늘어뜨렸다.

본가로 돌아온 셈이지만, 마음을 놓기는커녕 더욱 경계의 칼날을 세워야 하기 때문이었다.

도착한 하루는 그대로 쉬기로 하였다.

다른 연회를 준비하려 했지만, 소천룡 회가 막아선 덕분에 잠시나마 숨 돌릴 틈은 있었다.

수년 만에 정문으로 맞이한 큰 손님이었다. 그것은 가주 혹은 천룡가회의 전원이 인정한 손님이라는 뜻이었다.

따로 찾아온 손님이 적지 않았지만, 그들은 흑백양당주의 얼굴만 보고서 물러날 수밖에 없었다.

그리고 소명은 위지백과 아함, 그리고 장관풍과 도기영. 딱 일행끼리 모였다. 이곳의 시비는 조촐하다고 하였지만, 중원 각지의 진미와 명주가 줄 지어서 나왔다.

위지백은 입이 한껏 벌어져서는 입꼬리가 귀에 닿을 지경이었다. 장관풍도 그러하지만, 도기영은 특히나 신기하여서, 음식이든 술이든, 입으로 들어가는지, 코로 들어가는지 모를 지경이었다. 그는 연신 두리번거렸다. 정신이 사나울 지경이었다.

"뭐가 그렇게 신기하다고 계속 그 모양이냐?"

"하, 하지만, 천룡세가입니다. 위지 대협, 그 천룡세가요."

강호의 오랜 전설로 내려오는 천룡세가, 그 한복판에서 귀빈 대우를 받고 있는데, 젊은 도객이 어찌 들뜨지 않을까. 더욱이 강호 경험이 없다시피 한 도기영이었다. 안절부절못하는 것은 어쩌면 당연한 일일지도 몰랐다.

"뭐, 나중에 담 가주에게 여기 얘기를 해주면 참 좋다고 하시지 않겠냐."

"하, 하하하."

도기영은 여기 없는 담 가주 내외를 생각하고는 멋쩍게 웃었다.

담 가주는 그곳에서 그만 집으로 돌아가기로 하였다. 하북을 쓸고 지나간 사교 소식을 듣자니, 마냥 외유에 빠져 있을 때가 아니기 때문이었다.

하북의 맹주, 팽가가 흔들렸다. 그 마당이라면 정주의 담가장도 마냥 태평할 수는 없는 노릇. 그런 사연이었지만, 역시나 천룡세가를 볼 기회를 놓쳤다는 것이 그렇게 아쉬울 수가 없었다.

미련 남은 담 가주의 얼굴과 그런 가주를 책망하는 성 부인의 모습에 절로 웃음이 흘렀다.

"자자, 놀라는 건 그 정도로 해두고. 자아, 술이나 받으라고. 으하하하."

위지백은 또 다른 술을 뜨으면서 시원하게 웃어 젖혔다.

소명은 시끄러운 그들을 보면서 고개를 흔들었다. 그러다가 문득 고개를 돌렸다. 평소라면 찰싹 들러붙어서는 되지도 않는 교태를 부려댈 아함이 어째 조용했다.

비로 가까이에 앉았지만, 아함은 사뭇 어두운 얼굴이었

다.

"왜? 무슨 일이 있더냐? 갑자기 이러니까. 참 기이하구
나."

"상공, 정말로 나설 생각이세요."

"여기까지 와서 무얼."

아함은 무슨 일인지 주저했다. 다시 살피자, 그녀의 안
색이 좀체 풀리지 않았다.

천룡세가의 전경을 둘러본 다음부터 부쩍 말수가 줄었
고, 다른 것에 신경이 쓰이는 듯한 모습이었다.

소명이 의아한 눈으로 아함을 빤히 보았다. 막 술 단지
하나를 단숨에 비워버린 위지백도 이쪽 눈치가 이상하여서
고개를 치켜들었다.

"뭐야? 뭐? 왜 그러는데?"

아함은 고민하듯이 눈살을 한껏 찌푸렸다. 섣불리 입을
열지 않았다.

"너, 뭔가를 보았구나."

화염산의 주인은 대대로 신통력을 지녔다. 그런즉 서천
무림에서는 화염산주를 따로 '신녀(神女)'라고 하지 않던
가.

소명과 위지백은 아함의 굳은 낯을 가볍게 넘기지 않았
다. 그녀는 입술을 한참이고 달싹거리다가 나직이 속삭였

다. 그것은 불길한 예감에 관한 것이었다.

근거는 없다. 그러나 화염산주가 하는 말이다.

"으음……."

기껏 올랐던 흥이 한순간에 식었다.

위지백은 술을 앞에 두고서 팔짱을 꼈다. 그는 곧 소명에게 넌지시 물었다.

"어떻게 생각해?"

"다른 녀석도 아니고, 아함이 하는 말이다. 흘려 들을 수는 없지."

"그렇지, 그렇지."

위지백은 고개를 끄덕였다. 그러면서 입술을 잘근잘근 짓씹었다. 흘깃 눈치를 보니, 장관풍과 도기영도 같이 긴장한 얼굴이었다. 영문을 모르면서도, 뭔가 심상치 않다는 것을 느낀 탓이다.

"쩝…… 그것 참."

"아무래도 약간의 계획이 필요하겠는데."

"계획? 아니, 시간이 뭐 얼마나 있다고. 당장 내일부터라면서. 그놈의 시험은……."

"그러니까, 서둘러야지."

소명은 한 번 웃어 보이고는 자리에서 벌떡 일어났다.

날이 밝았다.

소명은 채비를 갖추고서 밖으로 나섰다. 그러자 자리에
는 두 당주가 각자 정복을 갖추고서, 소명을 기다렸다.

"권야 공. 모두 기다리고 계십니다."

"너무 늦었나?"

"그렇지 않습니다."

"그래."

소명은 가볍게 고개를 끄덕이고서 성큼 나섰다. 좌측으
로는 백검당의 백의가, 우측으로는 흑권당의 흑의가 줄지
어 따랐다.

소명이 떠난 자리, 닫은 문가가 살짝 열리면서 아함의
백옥처럼 하얀 얼굴이 불쑥 나왔다. 그녀는 지그시 입술을
깨물었다.

저기 가는 소명의 뒷모습을 하염없이 바라보는 눈초리에
는 불안이 그득했다.

"뭘 그리 걱정하냐."

문득 방 안에서 위지백이 말했다. 그는 술 취한 기색 하
나 없이, 단정한 모습이었다.

"걱정은 무슨…… 그냥 눈을 떼지 못하는 것이지."

"크흐흐. 아아, 예에, 그러시군요. 산주."

"피잇!"

아함은 놀리는 소리에 입술을 한껏 삐죽거렸다. 위지백은 실실 웃으면서 애도, 무광도를 덥석 움켜쥐었다.

"자아, 나도 이제 움직여 볼까."

그는 창문을 소리 없이 열고는 창틀에 발을 올렸다. 막 밖으로 나서려는 순간, 아직도 문가에 서 있는 아함을 향해서 넌지시 한 마디를 건네었다.

"여기 부탁한다."

"알고 있다니까."

아함은 빨리 가버리라고, 돌아보지도 않은 채 손을 흔들었다.

"거, 박정도 하여라."

위지백은 얼굴을 구기며, 잇새로 우물거리고는 휙 몸을 날렸다.

소명은 전날 지나온 대로를 똑바로 걸었다. 천룡의 가인이라고 하는 이들은 모두 나와서 소명의 걸음을 바라보았다. 무수한 눈길에는 선망과 흠모가 솔직했다.

"새로운 천하의 고수라 하여서, 모두의 관심이 대단합니다."

"하아, 천하의 고수는 무슨. 한참 멀었건만."

"그래도, 그 만천옹 노사께서 직접 인정하지 않으셨습니까. 천하육절이라니. 그건 정말…… 하하……"

뭐라고 덧붙일 필요가 없을 정도였다. 그만큼 놀랍고 대단한 일이기 때문이었다.

"그걸 인정이라고 할 수 있을지는 잘 모르겠네."

소명은 고개를 흔들고는 입을 딱 닫아버렸다. 힘주어서 입매를 한껏 찌푸렸다. 그러는 사이에 몇의 높은 담을 지났다. 그들이 닿은 곳은 세가의 드넓은 궁, 한쪽에 자리한 드넓은 터였다.

군문의 교장이라고 해도 부족함이 없을 듯했다.

그곳에 단을 마련하여서 올렸고, 오색으로 구분한 무리가 어지럽게 도열해 있었다.

어찌 보면 되는 대로 뒤섞인 것처럼 보였지만, 그들이 늘어선 것은 어떤 진세였다. 은은히 일어나는 기세가 족히 수천 평에 이르는 자리를 가득 메우고도 부족하여서, 머리 위로 아지랑이처럼 일어나는 것이 보일 정도였다.

"이것이 천룡……세가인가."

소명은 다가서면서 중얼거렸다. 가까울수록 따끔거리는 기파는 더욱 강렬했다.

수년 세월에 이르도록 강호 활동이 전혀 없다고 하더니만, 고작해야 한 시기에 지나지 않았을 뿐이다. 전력을 단순히 비교할 수는 없겠으나 천룡, 그 이름에 부끄럽지 않은 모습을 소명은 보고 있었다.

소명은 느릿하게 눈을 깜빡거렸다.

세상은 천룡세가에 대해서는 채 절반도 알지 못하고 있구나.

이만한 가문이 은인자중할 수 있다는 것도 신기한 일이지만, 그럼에도 세력에 흐트러짐이 없다는 것도 놀라운 일일 터였다.

힘이 모이면 어떤 식으로든 불만이 쌓일 터이고, 힘이 거대하면 거대할수록 균열은 더욱 심각할 것이다. 그러나 천룡세가는 그것을 모두 아우르고 있었다.

장중한 위세를 잠시 지켜보다가, 소명은 문득 입매를 찌푸렸다.

그래, 천룡세가의 대단한 저력은 이제 알았지만, 그게 무슨 상관인가. 자신은 소림의 용문제자인데. 소명은 그냥 지금 자리가 한없이 불편하기만 할 뿐이었다.

소명은 목 아래를 긁적거렸다.

새로 맞춘 옷깃이 자꾸 목에 닿아서 거슬렸다. 극구 마다했지만, 천룡세가의 위신도 위신이고, 용문제자라는 이름을 좀 생각하라는 강권 앞에서는 어쩔 도리가 없었다.

그나마 타협하여서 색은 쏙 빠진 잿빛의 장삼이었다.

다른 색은 없어도, 이 한 벌의 가치가 상당하다는 것은 굳이 묻지 않아도 알 수 있었다.

소명은 어깨에 앉은 먼지를 한 번 털어내고서 다시 한숨을 삼켰다.

"그만 오르시지요, 권야."

장대한 교장, 그곳에 오색의 천룡 무인들이 어지럽게 자리했다. 그리고 붉은 융단을 길게 깔았다.

붉은 길은 교장 한복판에 마련한 높은 단 위까지 뻗어 있었다. 그리고 단 아래에서는 두 소천룡이 각자의 예복을 갖추고서 당당하게 서 있었다.

"하아."

소명은 그 모습을 보기가 무섭게 일단 한숨을 삼켰다. 저기까지 가야만 하는 것인가.

마지못해서 걸음을 옮겼다. 그러자 흑백양단은 그 뒤에서 멈춰 섰다. 그들의 호위는 여기까지였다.

소명은 발목까지 묻히는 융단의 붉은 털을 밟으면서 걸었다. 좌우에서 자신을 보는 천룡가 무인들의 눈길이 사뭇 뜨거웠다.

그들 개개인은 비록 천룡의 깃발을 높이 세우지는 못하였더라도, 강호도상에서 무수한 실전을 겪은 바 있는 숨은 고수들이다. 그들은 천하의 고수가 어떠한 이름인지 잘 알았다.

그런즉.

이제 육절이라는 반열에 오른 소명의 존재를 다시 볼 수밖에 없었다.

하지만 소명은 여기의 주목이 그다지 달갑지 않았다. 쏟아지는 시선에는 적의도 있고, 호기심도 있고, 심지어 살기에 가까운 적의를 내비치는 이도 있었다.

어느 쪽이 되었든 소명은 속이 불편했다. 무가련, 그리고 천룡세가와는 그닥 얽히고 싶지 않은 것이 솔직한 마음이었다.

"아, 전생에 무슨 죄를 지었단 말이야⋯⋯."

'응? 전생은 또 무슨 전생 타령이니.'

혼잣말을 읊조리기가 무섭게 다시 치고 들어온다. 소명은 지그시 입술을 깨물었다. 일단 표정을 관리하고서, 못 들은 척 걸어 나아갔다.

그리고 두 소천룡의 뒤에 섰다.

"오시었습니까, 권야 공."

"공."

환대하는 소천룡 회였다. 과는 어색한 얼굴이래도, 의식적으로 고개를 까딱 숙였다.

"간밤에 자리는 어떠하셨는지."

"너무 편해서 일어나기가 싫은 정도였소."

꽤 뼈있는 말이다. 이때만큼은 누구랄 것도 없어서 슬그머니 고개를 돌렸다.

굳이 책 잡자고 하는 말은 아니다.

소명은 곧 주변을 차분히 둘러보았다. 단으로 향하는 쭉 뻗은 길, 좌우로 정렬한 이들의 모습이 새삼스럽게 보였다.

"이거 마냥 환영의 의미만은 아닌 듯하오만."

"하, 그것이……."

"이제부터 시작이오. 권야."

회가 주저하자, 과가 불쑥 끼어들었다. 되묻는 소명의 목소리가 잠시 올라갔다.

"이제부터?"

"하하……."

회는 멋쩍은 듯이 가만히 웃고는 괜히 고개를 돌렸다. 그러는 사이에 단 위로 올라섰다.

사각의 단 위에는 여러 노인이 묵묵히 자리하고 있었다. 연배를 대체 짐작하기 어려운 모습들이었다. 그들이 가주가 부재인 지금에 천룡세가를 이끌어가는 천룡가회의 장로

들이었다.

장로들은 누구랄 것 없이 신선의 풍모를 지니고 있었다.

하늘 밖에 있는 사람처럼 고고하였다. 백색의 장삼을 예복으로 걸쳤다. 옷깃에 검은 용문을 작게 새겨 넣었다. 그들은 허허, 가만한 웃음을 흘리면서 올라선 두 소천룡을 반겼다.

겉으로 보기에는 참으로 공평무사한 모습이었다.

소명은 한 발 뒤에서 그들의 면면을 둘러보았다. 당연하게도 모두 초면이었지만, 싫든 좋든, 장로들의 성명내력을 고스란히 알 수밖에 없었다.

기다렸다는 듯이 천룡대야의 입이 다시 떠들어댔기 때문이었다.

'저기 저 노친네가 백기장로라고 하는 노인네이지. 젊은 시절부터 그리 나를 못마땅하게 여겼단 말이야. 선대에 혼원류의 구결 중 일부를 전수받아서 그 내공이…….'

아아, 세존이시여.

소명은 잠시 풀리려는 눈동자를 겨우 다잡았다. 천룡대야는 정말 날을 잡은 사람처럼 한 번에 쏟아냈다. 조금도 말을 늦추지 않았다.

차라리 흘려들으면 좋겠지만, 바로 뇌리로 파고드는 심어경이다.

심어를 흘러들으려면, 아예 삼매 정도에 들어서 외부일
체를 끊어버리는 수밖에 없다.

그럴 수 있는 상황도 아니니. 그저 시달릴 수밖에.

소명이 그리 있을 적에, 두 소천룡은 뭇 장로들과 인사
를 나누고서, 굳은 낯으로 전면을 바라보았다.

교장을 에워싼 세가 내외의 여러 고수가 이쪽을 보고 있
었다. 천룡의 정예라 할 자들이다. 그들은 따로 기세를 발
하지 않더라도, 이미 장중한 기파를 흩뿌렸다.

외유를 마치고서 이제 관문의 시련을 앞둔 소천룡을 향
한 그들의 예우인 셈이었다.

둘 중 누가 되었든, 장차 아울러야 할 자들이다. 그러나
당장은 장대한 시련이고 관문이었다.

그것을 알았기에, 소명을 제외하고서 두 사람은 각자 복
잡한 심경이었다.

"후우……."

내내 침묵하고 있던 회의 입에서 한숨이 흘렀다. 그는
고개를 흔들었다. 딱히 가주의 자리에 욕심이 없는 그였
다. 어쩌다가 이 지경이 되었는지. 그렇다고 여기까지 온
마당에 물러날 수도 없었다.

그것은 가문 원로의 권위에 정면으로 반하는 것이나 다
름없었다.

회는 고개를 흔들었다. 이러다가는 한숨이 습관이 되겠다.

반면, 과는 씨익 웃었다. 자신만만한 모습이었다.

'저 노인네가 저리 사람 좋게 생겼어도, 꽤 음흉한 노인네란 말이지. 이십 년 전에 뒤로 주머니 차는 것을 뻔히 알면서도 모르는 척해 주느라. 내 얼마나 힘들었는지 아나? 응? 아니 대꾸가 없군. 하기야 그래, 자네도 얼굴 마주하기가 여간 고역이 아니겠지.'

'……'

소명은 머리가 어찔했다. 그는 눈을 끔뻑이다가 고개를 세차게 흔들었다.

말의 홍수에 잠깐 정신이 나갈 뻔했다.

누구에게 하소연할 수도 없는 일이다. 소명은 그저 폐부 깊숙한 곳에서 왈칵 치솟는 한숨을 꾹 어금니로 끊어냈다.

"답답하구만."

'뭐가 왜 답답하다는 게냐? 아니, 가만. 저쪽, 저쪽을 좀 보자꾸나. 와하! 저 늙은이 아직도 살아 있어?'

소명은 그냥 눈을 감아버렸다.

솔직하고, 또 솔직한 심정으로 말하자면 천룡대야는 정말 들러붙은 잡귀처럼 귀찮을 뿐이었지만, 그래도 그가 하는 말이 영 쓸모없는 것은 아니었다.

뭔가 목적이 있다기보다는 오래도록 입을 닫고 있었다는 것 하나 때문에 정신없이 입을 털었을 뿐이나, 그 한마디, 한마디로, 소명은 새삼 자신의 처지를 깨달을 수 있었다.

무시하지는 못하지만, 달갑지 않은 손님이다.

소명은 후우, 한숨을 살짝 흘렸다.

눈가를 가린 머리카락이 잠시 펄럭였다. 그래도 잡귀 같다는 것은 어쩔 수 없는 일이다.

'음, 뭔가 불순한 기분이 드는구나.'

'……'

소명의 심경 변화를 어찌 느꼈는지. 천룡대야가 한마디를 툭 던졌다.

"이 정도로 회복하였으면, 사실은 지금이라도 당장 떨쳐 일어날 수 있는 거 아닙니까?"

'으, 응?'

슬쩍 감정 실린 한마디에 목소리가 당황했다. 천룡대야는 곧 헛기침을 흘리면서 앓아댔다.

'아, 아이고오. 아이고. 공력이 과하였던가. 갑자기 기력이 딸리네. 기력이…… 크흐흠…….'

"정말 이러깁니까. 가주 자리를 이대로 넘기기라도 하겠다는 거예요?"

소명은 복화술인 양, 이를 악물고서 한껏 우물거렸다.

'크, 크흠! 뭐, 그렇다기보다는 저 녀석들이 크게 성장할 기회이기도 하니 그렇지. 이공천역(異空天役)의 관문은 굳이 천룡가주가 되는 것이 아니더라도 기연이라 할 만하지.'

"기연? 그런 곳에 외인인 저는 또 왜?"

소명은 퍼뜩 의아했다. 기연 소리를 들을 정도의 관문이라면 마땅히 아끼는 것이 사람 마음이 아닌가.

그러자 천룡대야의 웃음 섞인 목소리가 들렸다.

'뭐, 무사히 돌파한다면 그렇다는 말이지. 으하하하. 뭐, 자네 정도라면 고생은 하겠지만, 딱히 도움은 안 될 걸세.'

'이런……'

그럼 헛고생이라는 말과 뭐가 다른가. 천룡대야는 목소리를 가다듬고는 새삼 진지하여서 말했다.

'오해하지 말게. 자네의 경지가 실로 뛰어나서 그러는 것이니. 아무리 진한 소금물이라도 대해에 뿌려 보았자 무슨 흔적이나 남겠는가.'

"대해는 무슨……"

위로라고 하는 말이냐, 약 올리는 말이냐.

소명은 일그러지려는 입매를 힘주어서 다잡았다.

'조심하거라. 위험한 늙은이다.'

갑자기 경고하는 말이다. 소명은 고개를 들었다. 천룡장로 중에서 특히 삼성이라고 불리는 대장로 세 사람이 소명에게 다가왔다.

"허허허, 권야 공."

"본가의 청에 이렇게 응해 주시어서, 참으로 고맙소."

"생각보다 훨씬 젊으시군."

세 노인은 입가에는 고요한 미소를 머금고 있었다. 얼굴에서 빛을 발하기라도 하는 것처럼 환하였다.

그들이 다가서는 모습에 혼자 들떠서 한참 떠들던 천룡대야도 입을 다물었다.

소명은 다가서는 세 노인을 마주하며 몸가짐을 바르게 했다.

"허허, 천하의 무종. 소림의 용문제자께서 찾아주셨으니. 이 또한 본가의 크나큰 홍복이오."

"우리 세 늙은이가 비록 자격은 되지 않으나, 가주의 부재로 대신하여 감사의 인사를 올리오."

"천룡대업은 곧 천하안녕, 용문제자께서 넓은 마음으로 본가의 행사에 참여하여 주시니. 이 또한 천하의 큰 복이 아닐까 싶소."

세 노인은 번갈아 가면서 한마디씩 하였다. 말씀들 참 아름답기도 하여라.

가문의 일에 천하안녕 운운이라니. 다른 곳이라면 몰라도, 천룡세가라면 그런 소리를 할 만하지 않은가.

소명은 떨떠름한 속내와 달리, 진지한 얼굴로 두 손을 맞잡았다.

"부족하지만, 가문의 큰일에 외인에 범부에 불과한 저를 청하신 것은 연유가 있겠지요. 험한 일이라 하여도 마다치 않으리다."

"허, 허허. 감사한 말씀이시오. 그러나 범부 운운은 겸손이 과하시오. 이제야 천하육절이라 하는 권야이시지 않으시오."

"······."

심히 낯부끄러울 따름이다.

소명의 진지한 모습이 마음에 드는 모양인지, 삼성 중 가운데에 있는 노인이 고개를 끄덕였다.

아이처럼 발그레한 얼굴에 백설처럼 하얀 수염을 탐스럽게 기르고 있었다. 외견은 참으로 훌륭하였지만, 그에 대해 평하는 목소리는 사뭇 신랄했다.

'저 노인네가 대성이라는 운요(雲曜)장로, 제일 음흉한 늙은이이니, 특히 경계해야 하네.'

"아, 네, 네."

소명은 공손하게 고개를 끄덕였다.

'좌우로는 이성, 삼성이라고 하지만, 쳇 성은 무슨. 속내가 좁쌀보다도 작단 말이야. 일 좀 해 보려고 하면, 천룡세가의 진의를 알아야 한다나, 어쩐다나 하면서 사사건건 트집을 잡고 말이야.'

이래저래 사연은 있는 모양이지만, 눈앞의 세 노인에게 감정이 적지 않았던 모양이다. 다른 장로들 험담하는 것보다 한층 뾰족한 목소리였다.

소명은 어색한 입꼬리를 바들바들 떨었다.

뭔가를 시작도 하기 전에 크게 지친 듯하다. 그러나 어깨를 늘어뜨린 것은 찰나에 불과했다.

"그래, 뭐가 되었든. 얼른 끝냅시다."

소명은 잇새로 나직이 구시렁거렸다.

천룡궁가, 그곳의 주인을 정하는 마지막 의식을 이제 시작한다. 이공천역의 팔관이라, 거창한 이름이다 싶었다.

삼성의 가운데로, 대성 운요장로가 나섰다. 굵은 향을 사르고는 마련한 제단에 올렸다. 일제히 하얀 소매를 펄럭이면서 부복했다.

의식은 시작되었다.

천지에 고하고, 궁가의 선조영령께 고하는 것으로 시작을 알렸다.

이공천역의 팔관에 드는 데, 소명의 역할은 조력과 심사였다. 두 소천룡과 함께 관문을 돌파하면서 두 사람을 평가해 달라는 것이다.

소림사라는 이름과 더불어서 천하육절이라는 이름이 있으니. 그의 평가에 크게 반발할 수 없다는 것도 한 이유였다.

소명은 어깨가 뻣뻣했다. 그 사이, 장중한 예식이 끝나갔다. 그리고 관문이 열리기 시작했다.

"오호……."

소명은 문득 묘한 탄성을 흘렸다.

'저것이 시작이다. 저 너머가 이공천역이지.'

천룡대야가 웃음기를 싹 거두고서, 짐짓 묵직하게 말했다. 소명은 가만히 고개를 끄덕였다. 그는 보았다. 단 너머, 붉은 길 끝으로 홀연 안개가 고였고, 그 너머로 짙은 그림자가 드리워졌다.

허공으로 웅장한 문루가 선명하게 모습을 드러냈다. 저것은 선술 혹은 기문둔갑이라 불리는, 그야말로 이능의 영역이다.

추호도 가볍게 여기지 않았지만, 소명은 저 너머에서 있을 일이 생각보다 더욱 험난하겠다는 것을 예감했다.

단 위로 돌풍이 세차게 일었다. 그리고 운요 장로가 한 걸음 앞으로 나섰다.

"흑문이 현현하였다. 드디어 오늘 비어 있는 천룡의 좌에 주인을 가를 것이다. 내외문의 제자들이여, 개진하라!"

"개진!"

장로의 창노한 외침을 쫓아서, 수백이 한목소리로 크게 외쳤다. 그리고 에워싼 수백의 무인이 본격적으로 기세를 드러내기 시작했다.

좌우로 번갈아 가면서 힘껏 발을 굴렀다.

쿠웅! 쿠웅!

땅이 들썩거리고, 유형화된 기파가 거세게 요동쳤다. 이것으로 진세가 제대로 발동한 것이다.

단 너머로 쭉 뻗은 붉은 길은 여전했다. 그리고 길 끝에는 정문에 못지않은 문루가 우뚝 섰다. 온전히 모습을 드러낸 환상의 문루는 딱 보기에도 그리 길한 모습이 아니었다.

온통 검은 칠을 하였고, 흉한 귀면이 좌우에 큼직하게 달려 있었다.

저 문이 가주의 시험이 본격적으로 시작되는 이공천역으로 드는 입구였다.

그래, 귀면흑문은 그렇다고 하지만.

소명은 문득 입매를 찌푸렸다. 단 아래에 늘어선 천룡
무인들이 일으키는 저 진세는 또 무언가.

보는 소명의 기색이 영 편치 않다.

"포천……진이라."

"박룡포천진이오."

쓸데없는 친절이다. 옆에서 거드는 소천룡 과에게 뭐라
고 하지는 못하고, 힘주어서 어금니만 악물었다.

본격적으로 일어나는 진세의 기파가 쩌르르 울렸다.

땅을 뒤흔들고, 먹구름을 불러오는 진세는 갈수록 위력
을 더해 갔다.

운요장로는 곧 두 소천룡에게 다가섰다.

"자네 둘은 누가 먼저랄 것도 없이, 모두 가문의 미래일
세. 그리고 천하의 미래라고도 할 수 있지. 몸 성히 돌아오
시게."

"대장로."

"대성 어른."

둘은 흐린 미소를 머금고서 깊이 고개를 숙였다. 그리고
곧 제단을 지나쳐 아래로 나섰다. 소명도 조용히 따라 나
서려는 데, 운요장로가 다가섰다.

"소명 공, 잘 부탁드리겠소."

"예, 알겠습니다. 어르신."

"허허."

운요장로는 마치 친조부가 되기라도 하는 것처럼 소명의 어깨를 가만히 다독였다. 소명은 마냥 어색한 기색이었다. 그리고 단을 내려갔다.

한 계단, 두 계단.

내려가면서, 소명은 이를 드러냈다.

'저 늙은이가……'

운요장로 또한 소명을 스쳐 지나는 순간에 눈빛을 달리했다. 온기 하나 없어, 냉엄한 눈길이 내려가는 소명의 뒷모습을 꿰뚫을 듯했다.

두 소천룡은 굳은 얼굴로 붉은 융단을 밟고 내려섰다. 그리고 소명은 한 걸음 뒤에서 걸었다.

포천진을 가로질러서, 흑문으로 향한다.

힘껏 걸었지만, 한 걸음마다 발목이 푹푹 파고들었다. 그만큼 진세가 짓누르는 무게가 수천 근이었다.

쿵! 쿵! 쿵!

수백이 동시에 울려대는 발 구름은 그 자체로 위압적인데, 막대한 공력이 실려서 심신을 뒤흔들었다. 동시에 일대를 장악한 진세의 기파가 가히 일만 근의 무게로 짓눌렀다.

'어떠냐?'

"뭐가, 어때요?"

짓누르는 진세는 대단하였지만, 그저 불편한 정도일 뿐이었다. 소명은 딱히 흔들림은 없었다.

'흐음, 우리 아이들이 어떠하냐 묻는 게 아니더냐.'

"뭐, 제법이긴 하네요."

'제법이라? 흐음, 딱 그 정도란 말이지.'

얼굴은 볼 수가 없었지만, 목소리에서 감정은 솔직하게 느껴졌다. 약간의 실망이었고, 약간의 진노였다. 소명은 헛기침 한 번 하고는 넌지시 물었다.

"그건 그렇고. 어찌하실 요량이오?"

'뭐가?'

"뭐기는! 크, 크흠."

소명은 순간 욱했다가, 급히 주변 눈치를 살폈다. 또 무슨 딴청인지.

천룡대야는 숨죽여 웃었다.

'흐, 흐흐흐. 걱정하지 마시게나. 내 어떻게든 손을 쓸 터인즉. 시간이나 잘 벌어주게.'

"에이…… 알았어요."

소명은 거칠게 머리를 긁적거렸다. 달리 답할 말이 없었다. 그러다가 주춤했다. 주변의 눈길이 사뭇 기이한 것을 한 박자 늦게 깨달았다.

위압적으로 짓누르던 여러 눈길이 그저 동그랗게 변하여서는 소명을 보는 눈초리에 당혹감이 역력했다. 몇은 발구름마저 잊고서, 엉거주춤한 꼴로 소명을 빤히 보았다.

용을 결박하여서 가두어 버린다는 박룡포천이다. 그만한 진세의 한복판에서, 소명은 힘겹기는커녕, 태평하기 이를 데가 없다.

이 무슨 황망한 상황이란 말인가.

소명은 그제야 자신이 너무 편히 움직였음을 깨닫고서, 머쓱하게 손을 내렸다.

당황하기는 앞서 걷던 두 소천룡도 마찬가지였다. 그들은 각기 최고조로 공력을 끌어올려서 진세에 항거하는 차였다. 각자 낯빛이 좋지 않았고, 굵은 땀방울이 맺혀 있다. 그런데 소명의 모습은 대체.

그들의 눈초리가 더욱 심각해질 판이다. 소명은 멋쩍음을 감추고 서둘러 나섰다.

"크흠, 자자, 가십시다. 팔관? 아니, 구관이라고 하시었나? 어쨌든 가봅시다."

"아, 아아. 예. 가야지요. 가야지요."

회와 과는 눈을 끔뻑거리면서 떨떠름한 얼굴로 고개를

끄덕였다. 여하간에 하나는 분명했다.

이대로 일관은 통과한 것이나 다름없었다. 그렇다고 그것을 곧이곧대로 말하기에는, 두 소천룡은 같이 속내가 불편하여서 입을 꾹 다물어 버렸다.

포천진의 진세가 머리 위에서 요동친다. 둘은 각자 혼원과 무극의 공력으로 짓누르는 진세에 대항하던 차였다.

"허허……"

운요장로는 탐스러운 하얀 수염을 나긋나긋한 손길로 쓸어내렸다. 그는 붉은 길을 따라서 나아가는 세 젊은이의 모습을 물끄러미 내려다보았다.

천룡좌로 향하는 길.

이공천역의 팔관은 분명 대단하다. 그러나 귀면흑문의 너머는 실로 지옥이나 다름없었다. 이를 보는 운요장로의 눈길이 한층 가늘어졌다.

그는 젊은 날의 어느 때를 그리는 듯했다.

감상은 찰나였다. 운요장로는 눈가에 시퍼런 광망을 발하였다. 흡사 귀화처럼 파랗게 일렁였다. 굳이 살기를 숨기지 않았다. 그러나 눈가와는 달리 입가에는 인자한 웃음이 여전히 걸려 있었다.

"그래도 재간이 있구먼. 천하육절 운운하는 것이 마냥

허튼소리는 아니었던 모양이오. 포천의 진세가 전혀 영향을 미치지 못하는 듯하구려."

노인은 살짝 고개를 돌렸다. 그의 좌우에 있던 다른 삼성의 두 장로는 그만 어색하여서 주춤 고개를 숙였다.

같은 삼성의 반열이었지만, 무슨 영문인지 크게 주눅이 들어 있었다.

"아니면…… 자네들이 내 뜻을 잘 이해하지 못했든가 말이지."

"그, 그럴 리가요. 단단히 당부를 해 두었습니다."

"아무렴요, 아무렴요. 공력을 아끼지 말라고 거듭, 거듭 당부까지 하였습니다."

박룡포천의 진세는 상대를 짓눌렀다. 내외의 고수가 한 뜻으로 십성 공력을 발휘하면, 설사 동두철신(銅頭鐵身)의 몸이라도 한순간에 무너뜨린다.

처참하게 짓눌러 본래의 모습조차 유지할 수가 없을 정도였다.

혼원과 무극류가 완성경에 이른 두 소천룡이라면 포천진의 흐름을 어느 정도 파악하느냐에 따라서, 어느 정도의 내상을 각오하고 버티어낼 수 있겠지만, 그도 아닌 자가 저리 태연한 걸음으로 진세를 받아내고 있다니.

경지가 남다름을 말하는 것과 다름이 없었다.

"허허, 그렇다면. 권야라는 자가 생각보다 더한 거물이란 소리로군. 달리 육절이 아닌 게야."

운요장로는 여전히 웃음을 머금었다. 그러나 아래를 보는 눈초리는 독사처럼 요악(妖惡)스럽게 번뜩였다. 그 눈초리는 가문의 미래를 보는 눈이 아니었다.

오히려 철천지원수를 보기라도 하는 것처럼 싸늘했다. 그 와중에 귀면흑문이 서서히 열렸다. 너머에 짙은 아지랑이가 맺힌 것처럼 이지러지는 광경이 서서히 드러났다.

어디로 향하는 것인지 모를 일이다.

두 소천룡은 마음을 다잡고서, 힘껏 앞으로 나섰다. 신중하고 차분한 걸음의 회였고, 과감하고 큰 걸음의 과였다.

둘은 높은 문지방을 넘기가 무섭게 모습을 감추었다.

소명은 잠시 머뭇거렸다.

"아, 정말."

'왜 그러느냐?'

천룡대야는 선뜻 들지 않는 소명의 모습이 의아했다.

소명은 고개를 한 번 흔들었다. 그는 고개를 슬금 돌려서, 단 위를 곁눈질로 살짝 살폈다.

삼성을 비롯한 천룡가회의 뭇 장로들이 앞으로 모여서 이쪽을 묵묵히 지켜보고 있었다.

"뒤통수가 싸늘하니, 내가 지금 어디에 와 있는 건지 모르겠군."

싸늘한 코웃음을 남겼다.

소명은 그리고 흑문을 넘어섰다. 그 또한 일그러진 공간 속으로 모습을 감추었다.

흑문은 절로 닫혀들었다.

쿠웅……!

천근의 문이 닫히면서 울리는 묵직한 소리가 교장을 흔들었다.

〈다음 권에 계속〉

龍劍傳

용제
검전

윤민호 신무협 장편소설

ORIENTAL FANTASY STORY & ADVENTURE

『악제자』, 『용맹마도』의 작가!
윤민호 신무협 장편소설

몰락한 작은 무문에서 맺어진 기이한 인연(因緣),
천하를 격동시킬 전설은 그렇게 시작되었다!

dream
books
드림북스

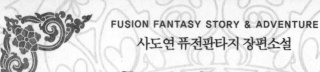

FUSION FANTASY STORY & ADVENTURE

사도연 퓨전판타지 장편소설

신세기전

이전에는 보지 못한 새로운 판타지
눈부신 신의 세계가 눈앞에 펼쳐진다!

사도연이 보여 주는 퓨전 판타지 장편소설!

dream
books
드림북스